岸
イラスト／黒なまこ
キャラクター原案・漫画／らたん
飛び降りようとしている
女子高生を助けたら
どうなるのか？4

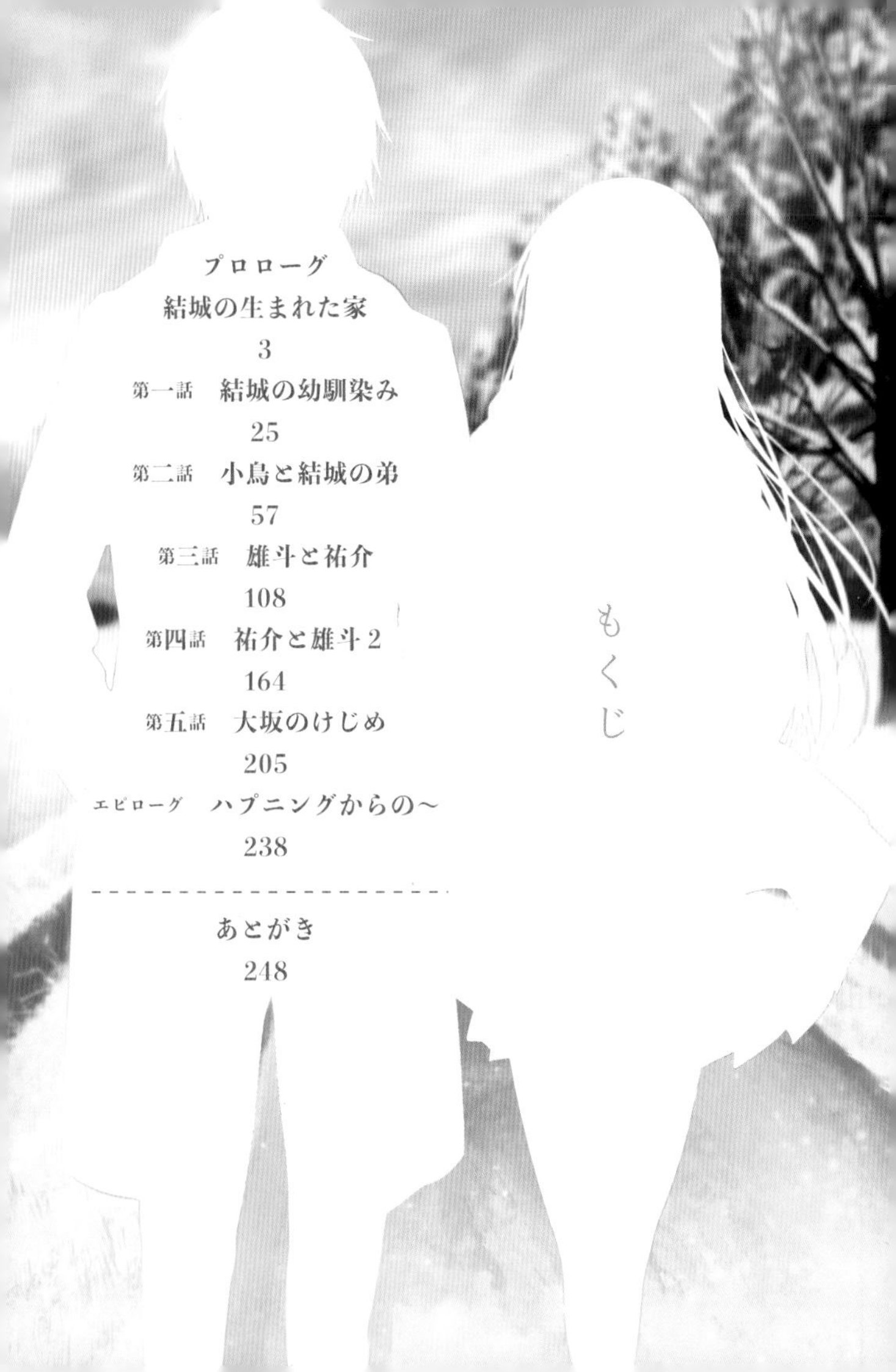

もくじ

「祐介さん……」

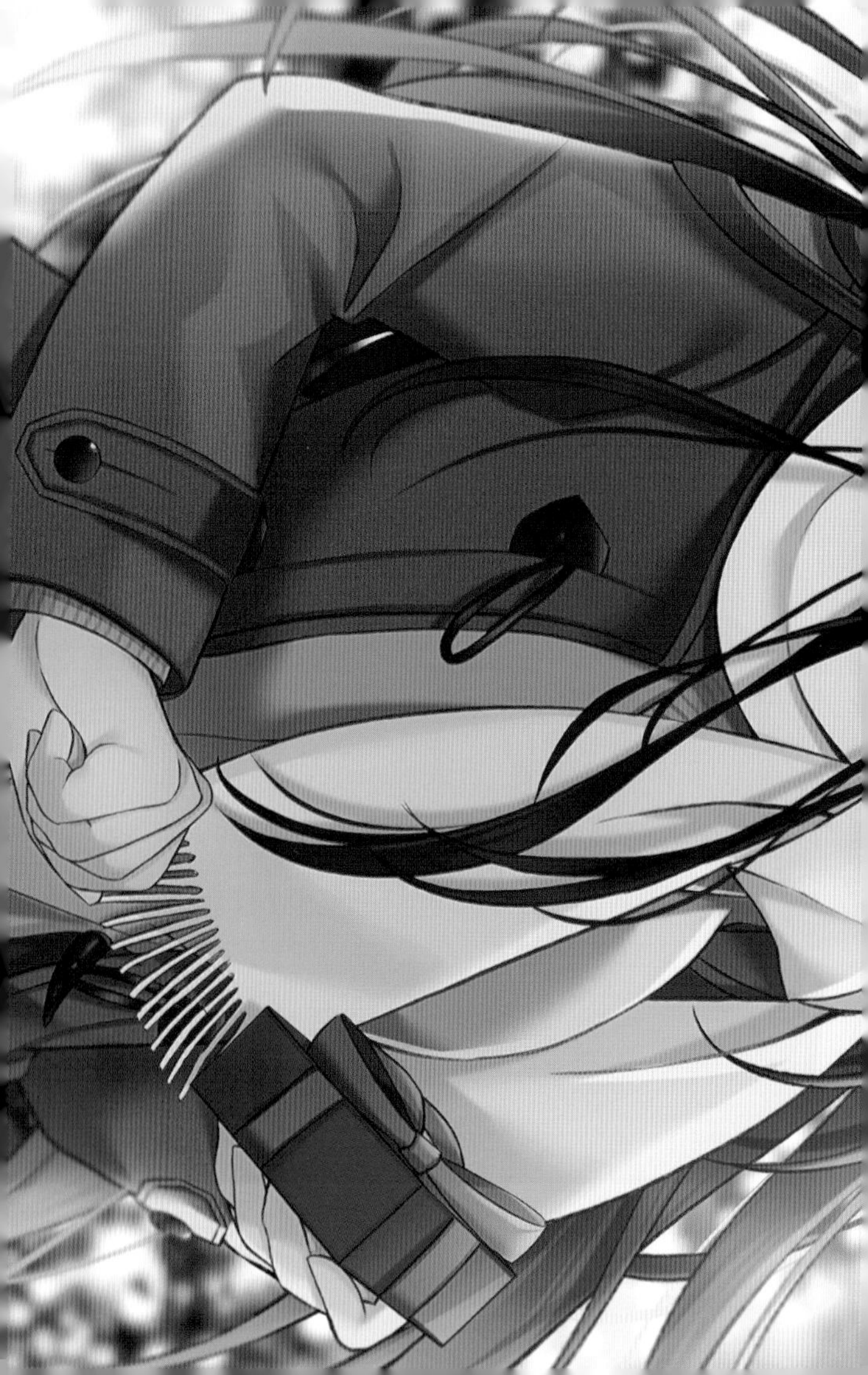

飛び降りようとしている女子高生を助けたらどうなるのか？4

岸馬きらく

角川スニーカー文庫
23166

Illustration：黒なまこ・らたん
Design Work：伸童舎

プロローグ　結城の生まれた家

冬休みの初日。
高校二年生の結城祐介《ゆうきゆうすけ》は朝早くから、電車に揺られていた。
「しかし、実家に帰るの久しぶりだなあ」
結城は窓の外を見ながらそんなことを呟《つぶや》く。
「前に帰ったのはいつなんですか？」
そう言ったのは、向かい側の席に座る清水小鳥《しみずことり》である。
黒髪ロングで整った優しい顔立ちをした、まさに正統派美少女といった感じの少女だ。
現在高校一年生。結城の彼女である。
小鳥は綺麗《きれい》な所作で道中で買った駅弁を食べていた。
（ウチの彼女は弁当を食べているだけでも綺麗で可愛らしいなあ）
などと思いつつ結城は答える。

「んーあー、確か一年の夏休みくらいかな？」

結城がそう言うと、小鳥は少し驚いた顔をして。

「一年半近く帰らなかったんですか……お母さん心配しているんじゃないですか？」

「そうなのか？　ウチの母親は放任主義だからあんまりそういうイメージは無いんだよな。なんせ俺が『高校では町の方の学校に行くから一人暮らしをするつもりだ』って言ったら、『自分で家賃稼げるなら好きに生きなさい』って即答されたくらいだし」

「な、なかなか思い切りのいいお母さんですね」

小鳥の反応を見る限り、自分の母親はやはりちょっと変わっているのだろうと思った。

結城にとってはそれが当たり前だったのでちょっと感覚としては分からないが、まあ、周囲の人間の母親の話を聞く限りは、もっと色々と心配になって気を回して、子供から若干鬱陶《うっとう》しがられるのが普通の母親というものらしい。

「それに、お金と時間の問題もあるしな」

「ああ、なるほど」

小鳥は納得したようにそう言った。

結城の実家は遠い。

結城たちの住んでいるアパートからまずは電車で二時間、さらにその後バスで一時間半ほど山を登ったところにある。

ここまで遠いと往復だけで結構な額になるし、仕事と勉強で忙しい結城には時間も無い。

「……まあでも、まさかお金も時間も解決して冬休み中まるまる休めるとは思わなかったけどな」

結城が肩をすくめてそう言った。


思い出すのは今から三週間前。

冬休みに小鳥を実家に連れて行くことにした結城は、バイト先の一つである親戚《しんせき》の経営する工場に「年末は何日かまとまった休みを取りたいんですけど」と申し出た。

するとちょうど喫煙所で一緒にいた、直属の上司と社長である親戚から「いや、むしろ結城君はもっと休め」と言われてしまったのである。

もう一つの働き口である引っ越し業者のエリアマネージャーからも、似たようなことを言われてしまい、いつの間にか冬休みはまるまる休みになっていた。

ついでに、社長からは実家に行くための交通費までもらってしまう。

ここまでされては、さすがの結城も冬休みの間は休まざるをえなかった。

「ふふ、皆さん結城さんのこと気遣ってくれて。いい人たちですね」

小鳥が笑ってそう言った。

「そうだな。俺はホントに人に恵まれてると思うよ。社長も深川《ふかがわ》部長もエリアマネージャーも、ホントにいい人だ。なにより、小鳥みたいな優しくて俺のこと応援してくれる彼女がいるしな」

「……そ、そうですか」

「いつもありがとうな」

「は、はい……こちらこそ……」

そう言って、頬を赤らめる小鳥。

結城としてはこんな風に素直に感謝や好意を口にするのもいい加減慣れてきたのだが、小鳥はいまだに照れくさそうにする。

まあ、そんなところが可愛くてしかたないのだが。

「でもなあ」

結城は窓枠に肘《ひじ》をついてため息をつく。

「……何か思うところでもあるんですか結城さん？」

「ああ。ちょっとな」

結城は段々と自然が増えていく外の景色を見ながら言う。

「二週間以上俺がいなくても仕事って回るんだなって思ってさ。ちょっと寂しい」

「ワーカホリックのサラリーマンみたいなこと言いますね」

小鳥は苦笑したのだった。

◇

二時間電車に揺られて周囲にあまり建物がない駅に着いた後、結城たちはバスに乗り込んだ。

ちなみにこのバスが来るまでにさらに一時間近く待つ必要があった。

改めて結城は自分の地元が田舎なんだなと感じる。

普段住んでいる所も都会とは言い難いが、さすがに市営バスは少ない時でも一時間に二本は来る。

さて、そんなわけでさらにここからバスに揺られながら山道を登っていく。

あまり見たことがないのか、小鳥は年季の入った木造の家屋や一面に広がる畑、崩れ防止用の金網などを見て感心していた。

さらに登っていくと雪が見え始める。

そして一時間半後。

バスはようやく結城の地元に到着した。

……のだが。


「ちくしょう……メチャクチャ酔った……」

「大丈夫ですか？　結城さん」

そう言って背中をさすってくれる小鳥。

実は結城は乗り物に弱い。

同じ方向に真っすぐ進む電車は大丈夫なのだが、カーブやブレーキのある車に乗るとだいたい酔ってしまう。

バスが山を登るには蛇行しながら進まなければならないので、結城にとっては地獄である。酔い止めの薬は飲んできたのだが、気休めにしかならない。

「医者になったら、絶対に酔わない酔い止めでも開発しようかな……」

「少し休みますか？」

小鳥の問いに。

「いや、大丈夫だよ。歩いてればそのうち治るから。それに外は寒いしな」

今年はそれ程雪は積もっていないみたいだが、標高が高いこの辺りは冷え込む。

結城は地面に置いていた二人分の泊まり用の荷物を入れたバッグを手に持って歩き出そうとするが……。

その荷物を、小鳥がよっこいしょと持ち上げた。

「じゃあ、行きましょうか」

「……いや、ホントに大丈夫だって。俺が持つよ」

確かに体調は崩しているが、所詮《しょせん》は車酔いである。

なにより、あまり今のご時世歓迎される発想じゃないかもしれないが、女の子に荷物を持たせるというのは気が引ける。

しかし。

「結城さんは強いですね」

「いやまあ、車酔いくらいで全く動けませんと言わないくらいにはそうかもだけど……」

「だけど、楽をするのが下手だと思います」

小鳥はハッキリとした口調でそう言った。

「今は健康で元気ですけど、老後はどうするんですか？　もしかしたら結城さんの方が先に立てなくなって介護が必要になるかもしれませんよ」

「まあ、それはそうだが」

「今から辛《つら》い時には人に頼る練習をしておきましょう」

そう言って優しく微笑む小鳥。

「……そうだな。じゃあ、お願いするよ」

「はい」

本当にいい彼女だなあと改めて感じながら、ゆっくりと歩き出す結城。

小鳥も結城の後についていく。

二人分の荷物を持っているので少し動きにくそうだが、不満そうな顔一つせずに、しっかりと隣を歩いている。

「なあ、さっきの話だけど」

「はい？」

「老後の話さ……そうなるまで、ずっと一緒にいてくれる前提なんだなと思ってさ」

結城がそう言うと。

「ええと……まあ、そういうことです……」

しぼんでいくような声で、顔を赤くしながら小鳥はそう言った。

（……可愛すぎるだろ、ウチの彼女）

しみじみとそう思った結城だった。

◇

駅からしばらく歩くと、木造二階建ての家が見えてきた。

結城の実家である。

車が数台駐車できるくらいの広さの庭に備え付けられた生《い》け簀《す》の金魚たちは、見事に凍りついていた。

結城は久しぶりの帰省に少し懐かしさを覚えつつも、体が覚えた動作で玄関の呼び鈴を鳴らす。

「ただいまー」

当然、この家には訪問者をカメラで映す機能などはついていないので、大きな声で息子が帰ってきたことを告げる。

すると、中からドタドタと忙しない足音が聞こえてきた。

ガラッ!!　と勢いよく玄関の戸が開く。

「おかえりー祐介」

ハスキーな声で結城たちを出迎えたのは、結城の母親、結城麻子《あさこ》である。

後ろで無造作に結ばれた金髪。キリッとした眉《まゆ》と目に、健康そうな肌艶《はだつや》。スタイルも日頃農作業をしているから非常によい。背は平均よりは高いほうではあるが、手足が長いので実際よりも高く見える。

「相変わらず元気そうねえ祐介」

「おかげさまでな」

「うん、いいことね。なによりも元気が一番。健康だけが取り柄のアタシの遺伝子に感謝していいのよ!!」

そう言ってガハハと笑いつつ、こちらの肩をバシバシと叩《たた》いてくる。

相変わらず声がデカい。

一年見なかったが、麻子の無駄な元気と体力は全く衰えていないようだった。

「それで、それで、これがアンタがさんざん言ってた小鳥ちゃんね……」

麻子はそう言うと、顎《あご》に手を当ててじっくりと小鳥の顔を見る。

「ええと、その……」

急に高いテンションに晒《さら》されて、小鳥はどうしたらいいのかと目を泳がせる。

麻子はしばらく黙って小鳥を見ていたが。

「…………」

「……んー？」

首を捻《ひね》ってそう唸《うな》ると、ゴシゴシと袖《そで》で自分の目をこする。

そして、再び小鳥の方を見直す。

「……おかしいわね。文句なしの超絶美少女が目の前にいるわ。今日ウチの息子は彼女を連れてくる予定だったはずだけど」

「おい、どういう意味だ」

「アンタなんか魔法でも使ったの？」

「普通に付き合ってくれって言っただけだわ!!」

ビルの屋上から飛び降りようとしたところを助けて、その日のうちに付き合ってくれと言ったことは黙っておこう。

「ええ。マジで？　ひええ、世の中珍しいこともあるもんねえ。あれかしら、前世かしらね。前世での行いが凄《すご》くよかったに違いないわよアンタ」

麻子はしみじみとそう言った。

大谷《おおたに》の時もそうだったが、結城が小鳥を彼女として紹介すると毎回驚かれる。

まあ小鳥は確かに凄《すさ》まじく美少女だが、なにもそこまで驚くことは無いだろうに。よほどみな自分のことをモテないと思っているのだろう。大変不服である。

一方、小鳥の方も麻子を見て目を丸くしていた。

「え？　あの……結城さん、あ、いや、祐介さんのお母さんでいいんですよね？」

「まあ驚くよな」

「はい、凄く若く見えたので」

そう、結城の母親は非常に若く見える。

それこそ、これで高校二年生の息子がいるなんて誰も思わないほどに。

「あらあら、嬉《うれ》しいこと言ってくれるじゃない小鳥ちゃん。ちなみに何歳だと思う？」

「え？　えーと」

急に質問されて困ったような表情をする小鳥。

「見た目だとホントに分からないですね。結城さんが今十七歳ですから……四十歳くらいでしょうか？」

「ぶぶー、正解は二十九歳でーす」

「ええ!?」

「いや、嘘だから。母さんはこういうしょうもない嘘よく言うんだよ」

確かに見た目だけならむしろそれより若く見えなくもないが、それだと十二歳で結城を産んだことになってしまう。

少なくとも日本では犯罪である。

「実際は三十四歳だ」

「あ、そうだったんですか……それでも驚きですけど」

「はっはっはっ!! 高校なんて授業がクソつまんなかったから、祐介妊娠したおかげで中退できてむしろラッキーだったわよ。偏差値も三十くらいしかなかったから、どうせ大学行くのも無理だったでしょうしね!!」

聞く人によってはかなり悲惨な過去を、そんな風に豪快に笑い飛ばす麻子。

「……祐介さんからちょっと話は聞いてましたけど、凄い人ですね」

小鳥は圧倒されたという感じでそんなことを言った。

ただドン引きしたという感じではない。小鳥は元々少しネガティブな考え方をしてしまうことを気にしているタイプだ。麻子のようにポジティブさの塊みたいな人間は、むしろ尊敬する対象だったりする。

「まあ、こんな寒い中で立ち話もなんだから、さっそく入りなさいな。シティーガールには珍しいコタツがあるわよ」

麻子はそう言うと、またドタドタと忙《せわ》しない足音を立てて家の中に戻っていった。

◇

「……おお、これがコタツですか」

小鳥は居間に入ると、中央に鎮座する掘りゴタツに目を奪われていた。

「これも初めて見るのか？」

「はい。テレビとかマンガとかでは見たことがあったんですが」

そう言って、まじまじとコタツを観察する小鳥。

先ほど麻子が小鳥のことを「シティーガール」などと言っていた時は、そうでもないだろうと思っていたがあながち間違いじゃないのかもしれない。

（考えてみれば、プロ野球選手の娘で小中高私立の女子校で育った箱入りお嬢様だしなあ）

少なくともこういう古臭い田舎の生活というのは、初めての体験だらけなのだろう。

「遠慮せずに入っていいんだぞ？」

結城がそう言うと、小鳥はこちらの方を見て「いいんですか？」とアイコンタクトを送ってくる。

それに対して結城が頷《うなず》く。

すると、小鳥は恐る恐るといった感じでコタツの中に足を入れた。

「ふぁ。あったかいです……」

そう言うと、先ほどまで少々緊張気味だった顔がふにゃっとする。

「ははは、コタツでそこまで喜んでもらえるなら連れて来てよかったよ。さて俺も……」

結城は持っていた荷物を床におろすと、小鳥の右側に足を入れる。

「やっぱり冷えてたんだな。コタツの暖かさが体に染みるわ」

そんなことを言いつつ、結城は周囲を見回した。

「しかし……部屋の中はあんまり変わりはないなあ」

家に入った結城を迎えたのは玄関のよく分からない置物や、傾斜のキツイ二階へ続く階段、どういうセンスか分からない変な模様の紫色のカーペット、そして土と木の匂い。

これこそが、結城の育った家だった。

「……ふう」

結城はなんとはなしに、大きく一息ついた。

すると。

「やっぱり、実家は落ち着きますか?」

小鳥が腰のところまでコタツに潜り込みながらそう言ってきた。

「そうだなあ。まあ、慣れ親しんだ場所だし」

この家には結城にとっては生まれてから高校に進学するまでの、色々な思い出が詰まっている。まあ父親に野球の練習に引っ張り出された思い出が大部分を占めているが……。

「いいことだと思いますよ、帰ってきたって思える場所があるのは。私は……あんまり、自分の家を『そういう場所』だと思えませんでしたから」

「……そうか。そうかもなあ」

少し前まで小鳥と、今は刑務所にいる清水が住んでいた家。

小さい頃は母親も一緒に住んでいたその家は、小鳥にとっては辛《つら》い記憶の染みついた場所である。

「……俺と小鳥が今住んでるアパートがさ」

結城はふと思ったことを口にする。

「はい」

「いや、将来別の場所に住むようなら二人で暮らすその場所がさ、小鳥にとって『そういう場所』になるといいな」

「……」

小鳥は少し驚いて黙ってしまったが、やがてゆっくりと首を横に振った。

「……もうなってますよ」

小鳥はコタツの中から手を出して、テーブルの上に置いていた結城の手を握る。

「結城さんがいる場所が、私にとっての『そういう場所』です……」

「小鳥……」

手から伝わる小鳥の体温は、コタツのぬくもりよりもずっと温かい。

結城はそのぬくもりをもっと感じたいと手を握り返した。

「……」

「……」

そのまま無言で見つめ合う二人。

四角形のコタツの隣り合う辺に座っている状態だが、距離は簡単に届いてしまうほど近い。

二人の顔の距離が自然と近づいていく。

ユイがいなくなった後、二人で寝た日にして以来、たまにだが結城と小鳥はキスをするようになった。

タイミングは特に決まっていない。

二人で過ごしていると、自然とそういう雰囲気になることがあるのだ。

そして今がその時だった。

小鳥が目を閉じる。

結城はそんな小鳥の顎《あご》に優しく手を添えて、唇を近づけて……。

「じゃーん!!　お隣さんからもらったミカンよー!!　コタツにはこれが無いとねー!!」

勢いよく襖《ふすま》の開く音と共に、麻子の大きな声が聞こえてきた。

ビクリ!!

と二人とも飛び跳ねるようにして顔を離す。

「……あら？　あらあらあらー？」

結城たちの様子を見て麻子は言う。

「お邪魔だったかしらねえ。とりあえずアタシは外に出てましょうか？　二時間くらい。雄斗《ゆうと》もどうせ降りては来ないでしょうから安心していいわよ」

麻子はそう言って、コタツの上にミカンの入ったカゴを置くと。

グッ!!

と、ウインクしながらサムズアップして居間から出て行った。

「ちょ‼　いやいや、そういうのはいいから。てか時間が生々しいんだよ‼」

デリカシーがあるんだか無いんだか分からない母親にツッコミをいれる結城。

一方、小鳥はというと、耳の先まで真っ赤になっていた。

◇

「……麻子さんホントに出かけちゃいましたね」

小鳥は苦笑しながらそう言った。

「そうだな……すまんな小鳥。無駄にテンションの高い親で」

本当に昔から結城の母親は変わらない。

「いえいえ、凄《すご》く楽しい人でよかったです」

小鳥は本当に楽しそうにそう言った。

「それに、結城さんに似てますしね」

「え、そうか？　見た目？　性格？」

「両方ですかね」

「似てるかなあ？」

正直、あまり言われたことがない。

まあ見た目は親子だから多少は似ているが、性格の方は大分違う気がするのだが。

コタツで温まりながらそんなことを話していると。

ピンポーン。

と、家の呼び鈴が鳴る音がした。

小鳥は自然な動作でスッとコタツから出て立ち上がると、玄関に向かう。

「……ん？」

少しして結城は気づく。

「ああ。ここだと俺が行かないと意味ないか」

普段は申し訳ないとは思いつつも来客の対応は小鳥に任せてしまっているが、ここは結城の実家である。

もしかしたら近所の人かもしれないし、いきなり知らない女子高生が出てきたら驚くだろう。

コタツのぬくもりは惜しかったが、結城も立ち上がって玄関に向かった。

立ち上がった時に窓の外にチラッと見えた来客の姿に、結城は呟《つぶや》く。

「……あ、なんだ。大坂《おおさか》か」

それは中学まで同じ学校に通っていた同級生の少女の名前だった。

第一話　結城の幼馴染み

結城《ゆうき》の実家の前に一人の少女が腕を組んで仁王立ちしていた。

「ふん、結城のやつ、帰ってくるのにこのアタシに連絡の一つも寄越《よこ》さないなんて」

制服の上からセンスのいいファーコートを着たこの少女、名前は大坂奈央子《おおさかなおこ》という。

この地域で唯一の高校である、県立不二洞《ふじどう》高校に通う十七歳の少女である。

身長は１７０cm。スポーツで鍛えられた引き締まった体と日焼けした肌、腰くらいまである髪を後ろで束ねている。

気の強そうな目元をしているが、顔立ちはかなり整っており化粧も丁寧にされている。問題なく美人と言っていいだろう。

そんな大坂が終業式が終わり貴重な冬休みが始まった今日この日に、なぜ結城の実家になど来ているのかと言えば……。

（ふふふ、ついにこの時が来たわね）

大坂は玄関の前で一人ほくそ笑んだ。

なんと大坂は、結城のことが好きなのである。

もちろん異性としての好きだ。

(思えば中学三年間……陸上一筋過ぎて、まったく女としての自信が無くて告白できなかった……)

大坂は中学の頃、髪型は父親に適当に切ってもらったベリーショート、喋《しゃべ》り方は「○○だな」と完全に男だった。

当然メイクなどしている暇があったら体幹トレーニングをしていた。

そのおかげもあってか、中学時代には陸上で全国大会まで行ったわけだが、中学を卒業すると同時に「女として自信が無いから告白できませーん」というのはあまりに情けないと思ったのだ。

負け犬のままでいたくないという思いが、ふつふつと沸き上がってきたのである。

だから大坂は女を磨くことを決意した。

大坂奈央子、やるとなったらとことんやる女だ。

現在はスポーティな印象こそあれど、手入れされた長いクルミ色の髪に腕を磨いたナチユラルメイク、そして他の女子を見よう見まねで研究した喋り方や所作などは、まだガサツさや隠し切れない気の強さはあれどしっかりと女子のそれである。

まあこのご時世、男らしく女らしくというモノではないのかもしれないが、とにもかくにも大坂自身が「アタシは負けている」と思ってしまったのだから仕方ない。

そして一年……努力のかいあってか、現在大坂は学校でもかなりモテる。

当然だ。自分でも堂々と学校一の美女はアタシだと断言できるまでになった。

なんならつい先ほども、高校の終業式が終わった後にクラスの男子に告白されて、「アナタとアタシでは釣り合わないと思うわ」と断ってきたばかりである。

しかし、大坂が女としての自分を磨こうと思うきっかけになった男子は、その時には地元からいなくなっていたのだ。

（せっかくアタシがいい女になったってのに、別の県の学校に行っちゃうんだから……）

せっかく高めた戦闘能力の振るいがいがないではないか。

そんなことを思っていたら、二日前に結城の母親である麻子《あさこ》が自分の母親に「うちの息子が明後日帰ってくるのよお」と嬉《うれ》しそうに大きな声で話しているのを聞いた。

なるほど。

ついに、時は来たようだった。

……だからこうして、大坂奈央子は結城家の家の玄関前に立っている。

「さあ、行くわよ」

大坂はインターフォンを鳴らす。

ピンポーンという、古い呼び鈴特有のよく通りはするのだが少し甲高くて耳障りな音が響く。

家の中からスタスタと廊下を歩く音が聞こえてくる。

(この足音……麻子さんのではないわね……)

麻子の足音はもっとバタバタしているし、もう一人の方はもうちょっとのそのそと歩く。

ということは……おそらく消去法でもう帰ってきているはずの結城のものだろう。

ガシャッ。

という鍵《かぎ》の開いた音がした。

さあ、見るがいい。結城祐介《ゆうすけ》。

お前が中学時代、見向きもしなかった……というか女子として認識していなかったであろう女の、レベルアップした姿を。

そしてあわよくば、どぎまぎして遠慮がちに交際を申し出てくるがいい。

ガラガラと扉が開いた。

そして。

「ええと、こんにちは」

中から、尋常ではない可愛さの黒髪ロングハイパー清楚《せいそ》美少女が出現した。

「⁉」

大坂は突然の出来事に目玉が飛び出るのではないかというほど目を見開く。

「小鳥《ことり》ー。さすがに実家にいる間は、こういう時は俺が出るよ」

そう言って奥から出てきたのは、想定していた相手である結城祐介だった。

「ああ、すいません結城さん。癖になってしまってて。自分で行かないと落ち着かなくて」

「俺も小鳥に任せるの癖になってるから反応遅れちゃったよ。向こうでもたまには自分で出たほうがいいよなあ」

しかも、このスーパー美女と結城が親しそうに話しているではないか。

大坂奈央子の女の勘が、悪い予感を察知する。

「よお、久しぶり大坂」

こちらに向けて、軽い感じで挨拶《あいさつ》をしてくる結城に大坂は聞く。

「ええと……祐介、この子は？」

「ああ、ええと」

結城は少し恥ずかしそうに頭を掻《か》くと。

「彼女だ」

「清水《しみず》小鳥です。よろしくお願いします」

そう言って女の大坂から見ても自然でなおかつ可愛らしい所作で、ペコリと挨拶する小鳥。

「……」

大坂は可愛らしさの欠片《かけら》もない、あんぐりと大口を開けた間抜けな顔でしばらく固まっていた。

◇

結城と大坂はいわゆる幼馴染《おさななじ》みというやつだった。

と言っても、家が近くで小中と同じ学校だっただけで特によく話したり遊んだりしていたわけではないので、幼「馴染み」と言っていいのかどうかは微妙なところであったが、とにかく旧知の仲である。

大坂が初めから結城のことを意識していたかと言われれば、まったくそんなことはなかった。

元々大坂は負けず嫌いでプライドの高い女である。

勉強も運動もとにかくトップクラスでなければ気に食わない。

だから人より抜きん出る努力をするのに必死で、色恋沙汰《ざた》などに興味を向ける暇などなかった。

むしろド田舎特有の色恋沙汰くらいしか楽しみのなさそうな同級生たちを軽蔑《けいべつ》していたくらいである。

だから結城のことを意識するようになった理由は、その苛烈《かれつ》なまでの野球に取り組む姿勢だった。

大坂と結城の通っていた学校の生徒は全体的に「ダラダラと過ごして地元の定員割れを毎年起こしかけてる偏差値の低い高校に入ればいいや」という雰囲気だった。

そんな腑抜《ふぬ》けた態度が大坂は心底嫌いだった。

こいつらは人間の皮を被《かぶ》った怠惰な田舎の馬鹿ザルだ、同じレベルだと認識されるのも腹が立つ。

だが結城祐介はそんな連中とは違った。

部活動には入っていなかったので学校ではあまりその姿を見せないが、近所のグラウンドでクラブチームや父親との自主練習をしているところを何度も見た。

そしてその練習態度はと言うと……鬼気迫るとはまさにこのことである。

見ていて寒気がするほどに一心不乱に延々とボールを投げ込みバットを振り続けるその姿は、大坂ですら「自分はアレくらい真剣に頑張れているだろうか？」と我が身を恥じたくなるほどだった。

大坂はそんな結城に親近感を覚えた。

ああ、この男は自分と同じ人間だ。

ダラダラと生きず、一瞬一瞬を真剣に生きている。

そして結城が学校の野球部の助《すけ》っ人《と》として試合に出たことが一度だけあった。そこで、初めて試合をする結城を見た時、その気持ちは恋心に変わった。

圧倒的な実力で次々に打者を打ち取っていく姿は、本当にカッコよかった。

帽子を取って袖《そで》で汗を拭《ぬぐ》うその姿が眩《まぶ》しい。

勉強に関してはハッキリ言って学力の低い田舎の公立中学にあっても地を這《は》うレベルだ

ったし、女の子が喜ぶような王子様みたいな振る舞いができるわけではなかったので他の女子からの人気はサッパリだったが、むしろ大坂としてはそんなところもポイントが高かった。

コイツの良さを分かってやれるのはアタシだけだ。

むしろアタシだけでいい。

まあ、そんな安心感を持っていたからこそ、結局卒業するまで告白できなかったのだが……。

とはいえ、高校に行って環境が変わったところで変わるような男ではないだろう。

どうせ高校でも、自分の目標にしか興味を持たずに、一人で黙々と努力していることだろう。

（……そんな風に思っていたのに）

現在、大坂は結城の家の居間でその結城と結城の彼女だという小鳥と一緒に、三人でコタツに入っているのだが。

「結城さんも食べますか？」

小鳥は綺麗《きれい》にミカンの皮を剝《む》きながら結城にそんな事を言う。

「ありがと。じゃあひとかけ頂戴《ちょうだい》」

「はい、どうぞ」

小鳥はそう言うと、ミカンをひとかけ取って結城の口元に持っていった。

「ん……美味い。ありがと」

「いえいえ……ああ、甘くておいしいですね。これ、結城さんの家のなんですか？」

「ああ。母さんが趣味で作ってるんだよ」

「……」

大坂は黙ったまま硬直した笑顔を引きつらせる。

何だこいつらは。なぜアタシはナチュラルに恋人同士の「あーん」を見せつけられているのだろうか……？

「ん？　どうしたんだ大坂。奇妙なモノでも見るような顔して」

「結城……あんた彼女作ったのね」

「そうだな」

「そういうの全然興味ないんだと思ってたわ」

「いやまあ、なんというか一目惚《ひとめぼ》れみたいな感じで」

少し顔を赤くして、しかしどこか嬉しそうにニコニコしながらそんなことを言う幼馴染み。

うわ、ウゼえ……。

つい今しがた失恋した相手に目の前で惚気《のろけ》られるというのは、この上ない屈辱である。

大坂は眉《まゆ》をぴくぴくさせながらも、なんとか会話を続ける。

「結城さんったら、会ったその日に付き合ってくれって言ってきたんですよ。ビックリしちゃいました」

「はあ？」

思わずそんな声を上げる大坂。

いつからそんな情熱的な人間になったんだお前は!?

「ちょっ、小鳥それは……」

「いいじゃないですか話しても。私は凄《すご》く嬉《うれ》しかったですよ。一生忘れられないほど……すっごく嬉しかったです」

「……そうか。まあ、それならよかったよ。俺も小鳥がすぐにＯＫくれた時嬉しかったし」

「そうですか……」

「ああ……」

「……」

「……」

またお互い顔を赤らめて黙り込む結城と小鳥。

ビキリと、大坂の蟀谷《こめかみ》に青筋が浮かぶ。

「……帰る」

大坂はそう言って立ち上がった。

結城は驚いたように言う。

「え、もう？　もうちょっとゆっくりしても」

「うるさいわね!!　アタシが帰るって言ったら帰るのよ!!」

大坂は怒鳴るような声でそう言った。

「……そうか」

結城はこちらの機嫌がよくないことを理解したのか、それ以上引き止めようとはしなかった。

「なんか不愉快にさせちゃったかな？　だとしたらごめんな」

基本的に無神経な癖に、こういうところの察しがいいのも腹が立つ。

「じゃあ、帰る前に一つ言っていいか？　言いそびれてたから」

「なによ？」

「お前、高校生になってからすげー可愛くなったな。ビックリしたよ」

「……」

大坂は無言でコタツの上のミカンを一つ手に取ると。

「ぬん!!」

全力で結城の顔面に投げつけた。

「あべじっ!!」

「このタイミングで褒められるのはムカつくわ!!」

「理不尽!?」

「ふん!!」

そして、居間を出て玄関に向かい、靴を履いて結城の家を出て行く。

「あーもう!!　ムカつくムカつくムカつく」

大坂は少しだけ雪の積もった道を、ズンズンと大股《おおまた》で歩きながら言う。

「なにちょっと嬉しくなってんのよアタシ、ムカつくッッ!!」

◇

さて、その日の夜。

「さあ、せっかく小鳥ちゃんが来てくれたんだから今日は豪勢に鍋《なべ》よお!!」

結城家のコタツの上に、ドンと大きな鍋が置かれた。

「小鳥が来なくても、普段から鍋ばっかりじゃん」

テンションの無駄に高い麻子に比べて、結城は少々呆《あき》れ気味だった。

麻子の作る料理はよく言えば豪快、悪く言えば大雑把《おおざつぱ》である。

基本的に「沢山具材を入れる」↓「調味料を一個入れる」↓「煮るまたは焼く」という、シンプルな工程で完成される。

もちろんそれ自体はおいしいのだが、子供の頃から一週間鍋みたいなことがざらにあったため、どうにも特別感というのは薄い。

小鳥が来る前の結城の食生活が大雑把だったのも、この辺のことが関係してるんだろうなと、結城は自分自身を分析する。

「あーら、何言ってるのよ。今日はちゃんと豚肉が入ってるじゃない、我が家の懐の寂しさを舐《な》めるんじゃないわよ」

「それは身に染みてる」

「嫌なら食べなくて結構ですー。セール品じゃないお肉はアタシが全部いただきますー」

麻子が口を尖《とが》らせて、具材が盛られたお皿を自分の脇に抱える。

「いや、嫌とは言ってないって」

「まあまあ、結城さん……祐介さんも、麻子さんもそのくらいにして、仲良く食べましょうよ」

小鳥がそんなことを言いながら居間に入ってくる。

その手には、台所から持ってきたとりわけ用の小皿があった。

「ありがとうねえ、小鳥ちゃん。ホントにできた子だわあ」

「いえ、その。もてなされるだけだと落ち着かないので」

小鳥は褒められて照れくさそうにそんなことを言う。

「……なあ、俺も手伝ったほうが」

「アンタは黙って座ってなさい、皿を割られたら買い換えるのにお金かかるでしょ」

「あの、大丈夫ですよ祐介さん。三人だと逆に動きづらいですし」

「……俺は無力だ」

結城は家事音痴である。

特に料理に関してはカップラーメン以外のモノを作ると、なぜか数回に一回は皿を破損するのである。

「さて、じゃあ始めますか」

麻子がそう言った。

(ん?)

そこで結城は気づく。

「なあ、雄斗《ゆうと》は?」

「最近、一緒に食べたがらないのよねえ」

小鳥が疑問に思ったように聞いてくる。

「そういえばさっきも名前が出てましたけど、雄斗さんって?」

「ああ、弟だよ」

「え、結城さん弟いたんですか?」

驚いたようにそんなことを言う小鳥。

「あれ? 話してなかったっけ? 結城雄斗、二つ下の今中学三年生だな」

結城は立ち上がる。

「部屋にいるんだろ? 挨拶《あいさつ》がてら一応声かけてくるわ」

「あ、私も行きます。まだ挨拶できてませんし」

◇

結城と小鳥は玄関を入ったところにある木製の階段を上る。

昔の建物らしくバリアフリーの観点の欠片《かけら》もない急な階段であるが、上るだけで結構な筋力を使うので意外と老化の予防とかにはいいのかもしれない。

階段を上って奥の部屋、右側が結城の部屋である。

そして向かい側の部屋が、弟の雄斗の部屋であった。

コンコン。

と、軽くノックをすると。

「おーい、雄斗ー。ただいまー」

結城はそう言うが、しかし返事はない。

「寝てるのかー、入るぞー？」

声をかけても返事がないので、結城は扉を開ける。

部屋の明かりは消えていた。

その中にぽつんとスマートフォンの液晶の光が揺らめいている。

その光が照らし出すのは、布団の中にうずくまるようにして寝転がりながらスマートフォンを操作している一人の少年だった。

暗闇のせいでイマイチ顔が見えないが、これが結城の弟、結城雄斗である。

「なんだよ。起きてるなら返事くらいしてくれてもいいだろ？」

結城がそう言うと、雄斗はゆっくりとこちらの方を向く。

「……」

しばらくの沈黙の後。

「……帰ってたんだ兄貴」

一言、そう言った。

「ああ、奇跡的に長い休みが取れてな。冬休みいっぱいはここにいる予定だぞ」

「……そう」

そして雄斗の目線は小鳥の方に向いた。

「あ、えーと、清水小鳥です。祐介さんと……その、お付き合いさせていただいてます」

そう言ってペコリと頭を下げる小鳥。

「兄貴……彼女できたんだ」

「ああ、まあな」

「そう……まあ、どうでもいいや」

雄斗はそれだけ言うと、またスマートフォンの画面に目線を戻して操作した。

「晩ご飯できてるぞ。ウチじゃ珍しい豚肉入りの鍋だ」

「今ちょっとお腹空いてないから……」

「そうか……まあ、残しておくから。お腹減ったら食べにきな」

結城はそれだけ言うと扉を閉めた。

ふう、と扉の前で一息つく。

「あいかわらずかぁ……」

「弟さん元気なかったですね」

「雄斗はさ、不登校なんだよな」

「え、そうなんですか？」

小鳥は驚いたようにそう言った。

今どき不登校なんてそれ程珍しくも無いと思うが、考えてみれば小鳥はあれだけ厳しい状況でも学校は休まなかったし、結城の家から出ずに過ごしていた間も学校の勉強は丁寧にやり続けていた人間だ。

真面目すぎる性格ゆえにイマイチ不登校というイメージが湧かないのかもしれない。

「俺が地元を出る一年前くらい……アイツが中学に入ってすぐくらいの頃だったかな。何があったのかは全然話してくれないけど、急に学校に行かなくなってさ。大丈夫なのか？とは思ってるけど、ただまあ……あんまり強要はしたくないからな」

「結城さんはそうですよね。私の時も何も言わず受け入れてくれましたし……麻子さんはなんて言ってるんですか？」

「母さんは『いいのよ。若いうちなんて色々と迷えば。いざとなったらウチの農家継げばいいんだから』って感じで放っておいてるな」

「……それはまた、麻子さんらしいですね」

「まあ、本人の気持ちが固まるまで待ってやるしかないと思うんだ、こういうのは。早く元気になって、また小さい頃みたいに一緒にキャッチボールしたいんだけどなあ」

結城はそう言うと、雄斗の部屋を後にして階段を下りて行った。

小鳥は結城の後に続きつつも、チラリと後ろを振り返った。

暗い部屋の中で一人うずくまるその姿が、どこか昔の自分と重なった気がしたのだった。

◇

一方その頃。

「あー、もう!!」

大坂奈央子は自分の部屋で抱き枕のワニ（名前はアリゲイ太）を抱きながらベッドに飛び込んだ。

天井を見上げながら、今日あったことを思い出す。

『いつか再会した時に自分の魅力で落としてやると思っていた男に彼女ができていた』

要はそういうことである。

しかも、超性格が良さそうで超美人の彼女である。

まあ、こんなことは世間にはよくあることであり、そういうほろ苦い経験を乗り越えて少年少女は大人になっていくのだろう。

しかし。

「……なんでよ。なんでアイツに関することだけ上手《うま》くいかないのよ」

大坂奈央子は、これまで恵まれた素質と弛《たゆ》まぬ努力でありとあらゆることで成功した人間である。

スポーツも勉強も確かに地元の高校とはいえ、ずっと一番である。

中学の頃はまったくダメだった女としての魅力も、一年でキッチリと学校でナンバーワン美女と言われるまでに仕上げた。

自分が望んで努力すれば、叶《かな》えられないことなどないのである。

なのに、恋愛に関してはどうも上手くいかない。

チャンスだけならいくらでもあったはずなのに逃してしまっている。

「まあ、何を思おうと彼女できちゃったものはしょうがないわよね……」

そんなことを呟《つぶや》いたが。

(……いや、違うわ)

そんな思いが込み上げて来た。このまま引き下がっていいのだろうか？

否。

この大坂奈央子、そんな惰弱な女では断じてない!!

たかがちょっと、あの小鳥とかいう、女から見ても可愛らしい女が先に結城と付き合い始めただけではないか。

あとからアプローチをしてはいけない決まりなど存在しない!!

「……ふう。よし!!」

大坂はベッドから立ち上がった。

◇

翌朝。

大坂は結城の家に向かった。

すると玄関の前で一人庭掃除をしていた小鳥を発見し、これ幸いと声をかける。

「ねえ、ちょっとお話があるんだけど。ついてきてもらっていいかしら？」

そう言って、小鳥を連れてきたのは今はもう廃校になっている近くの小学校跡である。

ここなら人目につくこともない。

「あのー、それで話ってなんでしょうか？」

結城の彼女……小鳥は少し困ったようにそんなことを聞いてくる。

その仕草や声の感じがいちいち自然な感じで可愛らしく、物凄《ものすご》く腹が立つ。

「……アンタ、こんな朝早くからなんで他人の庭の掃除してたの？」

とりあえず大坂はそんなことを聞いてみる。

麻子に頼まれたのだろうか？

それとも彼氏の家族への点数稼ぎだろうか？

しかし、小鳥は。

「ええと、いつもの癖で早起きしてしまって。やることがなくて手持ち無沙汰《ぶさた》でしたから、なんとなく……お掃除は嫌いじゃないですしね」

無趣味でお恥ずかしいです、といった感じでそんな事を言ってくる小鳥。

どうやら本心を隠して言っている様子もない。

「……そう」

なんだこの女。

こう、なんというか、女として完璧《かんぺき》すぎないか？

こんな天然記念物みたいな性格のいい美人とかこの世に存在するのか？

嫌味《いやみ》な存在だな。

と大坂は思った。

こっちが苦労して身につけた女の子らしい振る舞いを、当たり前のように身につけているのである。

オマケに自分の狙っていた男と付き合っているというのだ。これが嫌味でなくてなんとする。

大坂は薄く笑いを浮かべながら、スタスタと小鳥に詰め寄った。

「ええと、なんでしょうか……」

困惑する小鳥を壁際まで追い込むと。

ドン‼

と乱暴に壁に手をついて顔を近づけて言う。

「……ねえ、アンタ結城と別れなさいよ」

驚いて目を見開く小鳥。

「アタシさ、前から狙ってたのよアイツのこと。困るのよね、ちょっと目を離してる間に横取りとかされるのは。アイツだってアンタみたいな暗くて地味な女より、アタシみたいなハイスペックで明るくてカースト最上位の女の方が付き合ってて嬉《うれ》しいと思うのよ？」

声は女の割には元々低い方だが、さらに普段よりも低くしてそんなことを言った。

「……」

小鳥は黙って下を向いてしまった。

前髪で隠れて見えないが、涙目にでもなっていることだろう。

さらに追撃をかける。

「ねえ、黙ってないで何か言ったら？」

「……嫌ですと言ったらどうしますか？」

「そうねえ。ちょっと痛い目でも見てもらおうかしらねえ」

大坂はそう言って右手を振り上げる動作をする。

まるで少女マンガの悪役みたいなことをやっていると自分でも若干思っているが、この際手段を選ぶ暇など無い。

実際に叩《たた》くつもりなど毛頭無いが、これで小鳥の方が気にして二人の関係がギクシャクすれば、付け入る隙もできようというものである。

そして小鳥は俯《うつむ》いたまま。

「……分かりました」

そう呟いた。

次の瞬間。


大坂の視界が急に暗くなった。


「!?」

何が起こったかはすぐに分かった。

お腹のあたりが急に冬の外気に晒《さら》されたのである。

つまり、小鳥が大坂の上着を顔まで捲《まく》り上げて視界を覆ってきたのだ。

さらに。

スコン、と軽く足を払われる。

急な視界の消失でパニックになっていた大坂は、全く抵抗できずにバランスを崩して尻《しり》もちをついてしまった。

「……くっ」

大坂が顔を覆っていた上着を下ろす。

すると黒髪ロングのか弱そうな少女はスムーズな動作で、校舎の壁に立てかけてあったコンクリートブロックを両手で拾い上げる。

そして、尻もちをついた大坂に向かって言う。

「暴力はよくないと思います。まずは話し合いで解決しませんか？」

「だったら、そのコンクリートブロックを置きなさいよ!?」

「抑止力です……というのは軽い冗談ですが」

小鳥はそう言ってコンクリートブロックを地面に置く。

「そもそも大坂さんは、本当に暴力振るうつもりなんてないみたいですしね」

「え？」

「知らないんですか？　本当に殴ってくる人は、もっと目の奥が冷たいんですよ」

そう言って小首をかしげる小鳥。

「知らんわ!!　むしろアンタなんでそんな詳しいのよ!?」

なにこの子怖い。

なんだその「常識ですよね？」みたいな態度は!!

「でも……私の答えは変わりませんよ」

小鳥は普段と同じ優しくて控えめな様子で、しかし目だけは真っすぐに大坂の方を見て言う。

「結城さんとは絶対に別れません。私は結城さんを愛していますから」

堂々とそう言ってのけた。

「……ッ!!」

大坂は今の自分と小鳥の状況を客観的に見直して歯嚙《はが》みする。

動揺させようとして校舎裏に呼び出したにもかかわらず尻もちをつかされている自分。

そしてそんな自分を見下ろしながら真っすぐに恋人への愛を宣言する少女。

なんだこれは。これじゃあ自分はまるっきり負け犬ではないか。

ああもう!!

上手《うま》くいかない!!

アイツが絡むと何もかも上手くいかない!!

そして、この女も今までに出会った女の中で一番癪《しゃく》に障る!!

「……なんなのよ」

大坂はいら立ちのままに叫ぶ。

「なんなのよアンタら!! だいたい初めて会ったその日に付き合ったって話じゃない。それでよく愛してるなんて言えるわね!!」

「……それは違うと思いますよ、大坂さん」

小鳥はゆっくりと首を横に振る。

そして、大坂の前までゆっくりと歩み寄ると、屈《かが》んで目線の高さを合わせてくる。

「愛するって、時間の問題じゃないと思います」

その声は優しい響きだった。

「愛というのは勝手に湧き上がってくるものじゃなくて、『この人を愛そう』と決めることだと思うんです」

優しいが、しかし確信をもってハッキリと。

「結城さんと出会った日に、私は結城さんの優しさと好意に触れて嬉しかった。だから私は『この人を愛そう』って決めたんです。その気持ちが切れない限り、その瞬間から愛はそこにあると思います」

そして、まるで迷っている友人を優しく諭すように。

「大坂さんはさっき『自分と付き合ったほうが嬉しいから』って言ってましたけど、愛は比較じゃないですよ。その考え方はいずれ苦しくなっちゃうと思います」

そんな事を言ってくる。

「私は仮に結城さんよりもお金持ちで勉強ができてイケメンの人が現れてもその人を愛そうとは思いません。自分の意思でそう決めています。結城さんもきっと同じ気持ちでいてくれると信じています。それが『愛』だと私は思うんです」

そして、最後にニッコリと天使のような屈託ない笑みを浮かべて。

「でも実は、結城さんの顔は私の好みのど真ん中なんですけどね。カッコいいですよね結城さん」

「……」

大坂は地面に座り込んだまま、黙り込んでしまった。

（……に、人間としての完成度がアタシと違い過ぎるッッ）

この女はあまりにも人間がデキすぎている。

いったいどんな風に生きてきたら自分よりも一つ下の年齢で、こんな成熟した精神を持てるというのか？

圧倒的な敗北感が脳天に叩きつけられる。

「う、う……」

「う？」

「うわーん!!」

大坂は号泣した。

それはもう幼稚園児のごとく。

「ええ!?」

驚く小鳥。

大坂はその間に、這《は》いずるようにしてその場を去ったのであった。

第二話　小鳥と結城の弟

大坂《おおさか》とのやり取りを済ませた小鳥《ことり》が結城《ゆうき》家に戻ると、結城が玄関の前でストレッチをしていた。

「おはようございます、結城さん」

「ああ、おはよう小鳥……なんかさっき大坂のやつとどっか行ってたみたいだけど、どうしたんだ？」

「ああ、ええと」

つい先ほどあったことをそのまま言うのは、小鳥としては若干気が引けた。

彼女の名誉にかかわることだ。

幼馴染《おさななじ》みとしてずっと結城のことを思っていたのに、自分のような急に現れた人間に横取りをされたらあんな気持ちになることもあるだろう。

「……ちょっと女の子同士の秘密の話です」

「ふーん」

結城は小鳥がそう言うと、それ以上は聞かないことにしたらしく「まあいいか」という感じで呟《つぶや》いた。

「結城さんは朝の運動ですか？」

「ああ。せっかく晴れてるしな。まだちょっと寒いけど……ああそうだ」

結城はそう言うと、ポケットを漁《あさ》りながら小鳥の方に歩いてくる。

「手袋もつけずに寒いだろ？　ほら、カイロあるから使いなよ」

「え？」

確かに小鳥の手は先ほど冷たいコンクリートブロックを持ったりもしていたため、赤くなっていた。

「でも結城さんこれから外で運動するんじゃ……」

「いいのいいの。運動してれば温かくなってくるから……よし、じゃあ行ってくる!!」

結城はそう言い残して、家の前の道を走り出した。

「……」

小鳥はそんな彼氏の姿を見送ると。

「……あったかい」

手渡されたカイロのぬくもりを感じる。

本当に結城さんは素敵な人だな。

心からそう思う。

自分とは正反対に、活動的で明るくて元気で。

確かに大坂の言う通り自分にはもったいないくらいの人だ。

まあ、もちろんだからと言ってハイそうですかと譲る気は毛頭ないが……。

「正反対と言えば……」

ふと、小鳥は昨日のことを思い出して家の二階の方に目線を向ける。

結城の弟、雄斗《ゆうと》はまだあの薄暗い部屋の中にいるのだろう。

麻子《あさこ》や結城は雄斗に対して優しく見守るという感じだった。もちろんそれ自体は凄《すご》く正しいことだと思う。

だが、どうしても小鳥は気になってしまっていた。

小鳥は麻子や結城のように明るい人間ではないからこそ、もしかしたら同じタイプなはずの雄斗は誰かに声をかけてほしいんじゃないかと、そんな風に思ってしまうのだ。

もちろん、大いに余計なお世話な可能性もあるが……。

「……当たって砕けろ、ですよね。こういう時は」

ユイの時もそれが色々なきっかけになったのだ。

やらずに心に引っかかったままでいるよりは、やって後悔しよう。

自分の彼氏ならきっとそうするはずだ。

◇

小鳥は家に入ると、昨日の鍋《なべ》の残りを温めた後、皿によそって調味料や箸《はし》と一緒にお盆の上にのせる。

そしてこぼさないように慎重に階段を上ると、コンコンと雄斗の部屋のドアをノックした。

少し待つが返事がない。

もう一度ノックする。

「……」

少し待つが、やはり返事はない。

「もう一度だけしてみますか」

そう思って、コンと一度ドアを叩《たた》くと。

「……なんだよ」

中からくぐもった声が聞こえてきた。

もともと起きていたのか、それともしつこくノックしたから起きてしまったのか、後者だったら申し訳ないなと思いつつ、小鳥は言う。

「昨日のお鍋の残り、持ってきました。昨日の夜から食べてないならお腹空《す》いてると思って」

「……」

返事は無かった。

ただ、要らないとも言ってこない。

なら踏み込んでみよう。やらずに後悔するよりはやって後悔するべきだ。

「入りますね」

小鳥はそう言って、ゆっくりとドアを開けた。

部屋の中には昨日と同じ場所に同じ姿勢で寝転がっている雄斗がいた。

「どうぞ」

小鳥は雄斗の前にお盆を置いた。

（……昨日は部屋が暗くてよく見えませんでしたが）

小鳥は部屋を見回して思う。

なんというか……雄斗の部屋には活気がなかった。

おそらく敷きっぱなしになっているであろう布団や、時々しか換気をしていないであろう淀《よど》んだ空気、埃《ほこり》をかぶった勉強机。

停滞している。この空間もそこにいる人も。

そんな風に感じる。

「ちょっと寒いかもですけど、窓開けますね」

小鳥はそう言って立ち上がるとカーテンと窓を開ける。

朝の強い日差しと、刺すように冷たいが新鮮な空気が部屋の中に入ってくる。

「……眩《まぶ》しっ」

小鳥の背後からそんな声が聞こえてきた。

振り返るとのそのそと雄斗が布団から這い出して鍋を食べていた。

ぼさぼさに伸びた髪で隠れているが、顔立ちは確かにどこか結城に似ている気がする。

弟の方が若干メランコリックな感じというか、神経質そうな目つきをしているのが大きな違いだろうか。

「あれ？　雄斗さん意外と大きいですね」

小鳥は鍋をモソモソと食べる雄斗を見てそんなことを言った。

胡坐《あぐら》をかいて背筋を曲げているから分かりにくいが、背は結構高いほうではなかろうか？

少なくとも兄の結城よりは大きい。

「ヒョロガリって言うんだよ、俺みたいなのは」

吐き捨てるようにそう言った雄斗。

まあ、確かに手足は女性のように細い。鍛えていないのもあるだろうが骨格とかからして全体的に細身だ。

「兄貴みたいにガッシリしてるほうがカッコいいだろ、どう考えても」

「まあ、結城さんはあれで胸板とか厚いですからね」

「……」

「……どうしました？」

「え!?　いや……その……」

「兄貴の胸板がどうとか、実感込めて話すんだなと思ってさ」

慌てる小鳥。

「いいよ。付き合ってるんだし。そういうこともするでしょ」

「し、してませんよ。けっして!!」

まだ、夜キスしながら一緒に寝ただけである。

確かに寝るときに抱き着いていた時に、結城の男の子らしい厚い胸板にときめいたりしていたのは確かだが、誓って卑しいことはしていない。

あ、でも、調子に乗って結城の胸板に顔をぐりぐり擦り付けたりはしていたか……。

「ふーん。まあ、そういうことにしとこうかな」

雄斗は全然信じていない目で小鳥の方を見ながら、黙々と鍋を食べるのだった。

◇

「……ふう」

カランと空になった皿に箸が置かれる。

「よかったです。ちゃんと食べてくれて」

小鳥は笑いながらそう言った。

鍋を作ったのは麻子で自分は手伝いをしただけだが、目の前で出したものをおいしそうに食べきってくれるのは嬉《うれ》しい事である。

「んーと、その……」

食事を終えた雄斗がこちらを見て何かを言いたそうにしていた。

「どうしました？」

「いや、その……ごちそうさま。おいしかった」

少し照れくさそうに雄斗はそう言った。

（……雄斗さんは）

失礼かもしれないが、小鳥にはそれが少し意外だった。

小鳥の持っていた引きこもりのイメージは、父親が見ていたテレビのドキュメンタリー番組を見た時にできたものである。

テレビの中に出てきたのは、ご飯を運んできた親に感謝の言葉ひとつ言わず逆に怒って当たり散らすという感じの少年だった。

しかし、どうだろう。

雄斗はちゃんとこうしてお礼を言える。

もっと言うなら、こんな朝早くから勝手に部屋に入ってきてカーテンと窓を開けられても怒らない。

要は、ワガママ放題で性格が捻《ね》じ曲がっているというタイプではないわけである。

いやまあ、考えてみれば麻子や話に聞いている結城の父親に育てられて、そういう性格の歪《ゆが》み方をするのは無理かもしれないが……。

（……だからこそ、気になりますね。なんでそんな人がこうして引きこもってしまったのか）

そんな風に思考を巡らせようとした小鳥だったが。

ふと、部屋の一角に目が留まる。

それはモニターに接続されたゲーム機だった。

結城の家にあるのと同じものである。そして、ゲーム機の横に置かれているカセットのタイトルも、小鳥がよくやっている格闘ゲームと同じだった。

「!!!!!?　雄斗さん!!」

「うわ、急に眼を輝かせてどうしたんですか!?　えーと、兄貴の彼女さん？」

「小鳥です!!　それよりもですよ!!」

ゲーム機の方をビシッ!!　と指さして言う。

「つかぬことをお聞きしますが、アレに入っているのはアソコに置いてあるソフトでしょうか!?」

「え、うん。そうだけど」

「もしかして、雄斗さんは結構やりこんだりしてます⁉」

「え？　まあ、それなりには……一応オンライン対戦はやってるし」

「……‼‼⁉⁉☆☆☆」

「ものっそい満面の笑み⁉」

「対戦‼　対戦しましょう‼　今すぐに、さあ‼」

小鳥は雄斗の肩を摑《つか》むと物凄《ものすご》い勢いでブンブンとゆすった。

「わ、分かった‼　分かったって‼　てか小鳥さん、なに、そういうキャラなの⁉」

◇

さて、そんなわけで小鳥と雄斗は対戦型格闘ゲームをやることになったわけだが……。

「か、勝てねえ……」

小鳥の隣で雄斗はそんな言葉を呟《つぶや》いた。

「いやあ、楽しいですね‼」

すでに四時間以上戦っているが、全て小鳥の圧勝である。

「そりゃ、そんだけ勝てば楽しいでしょうよ……」

「あ、いえ、そういうわけではないんですが」

勝っているから楽しいというのはもちろんあるのだが、小鳥が楽しいと感じているのは『まともな勝負になっているから』である。

このゲームは小鳥としても思い入れの強いゲームで、コントローラーが二、三個壊れるくらいやりこんでいる。なんだったら、やりこみ過ぎて最近ちょっとテストの成績が落ちたほどだ。

そのせいで結城や大谷《おおたに》といった自分の周りの人間ではほとんどダメージもなく倒せてしまうのである。もちろん勝つことは楽しいが、いつも一方的に勝ってしまっては面白さも半減するというものだ。

しかし、雄斗はさすがは……と言っていいのか分からないが、引きこもっているだけあってこのゲームもしっかりやりこんでいるのだろう。ちゃんとこちらの攻撃に合理的な対応をしようとしてくるし、隙を見せれば厳しい仕掛けを向こうからしてくる。

要はちゃんと攻防になっていた。

そんなわけで、小鳥のテンションはもうなんというかアゲアゲだった。

「さあ!! もう一回やりましょう!!」

「まだやるの!?」

「もちろん!!　まだまだやりますよ」

　雄斗はちょっと嫌そうな顔をしたが。

「……はいはい、分かりましたよ」

　そう言って、床に置いていたコントローラーを手に取る。

「あーあ、ゲームですら勝てないんだな、俺……」

　ふと、雄斗はそんなことを呟いた。

「あ……その、すいません」

　あまりにも嬉しくてすっかり忘れていたが、雄斗にしてみれば何時間も負け続けて面白いはずがない。

「別のゲームにしますか……」

「いいよ……別に。いつもそうだし」

「いつも？」

『いつもそう』とはどういうことだろうか？

　いつもこのゲームで負けているということかと思ったが、少なくとも小鳥が戦った限りでは結城たちに圧勝できるくらいの強さはある。オンラインの対戦だって少なくとも負け続けるようなことはないだろう。

「キャラ、選ばないと始まらないよ」

「あ、はい。すいません」

考え事をしている間に、雄斗は次の対戦で使うキャラクターを選択していた。

小鳥も慌てて自分のキャラクターを選択し、バトルが始まる。

「……」

「……」

そのまましばらく、無言で画面の中のバトルに集中する二人。

しかし。

「……兄貴はさ、凄いだろ？」

不意に雄斗が話し出した。

「スポーツとか勉強とか……色々とさ」

「え？　はい。私もそう思います。努力家ですからね祐介《ゆうすけ》さんは」

決して器用ではないが、とにかく黙々とやり続けていつの間にかできるようになっている。そんなタイプである。

「その努力できるところも含めて凄すぎるんだよ。昔からずっとあんな感じでさ……」

雄斗は対戦画面を見たままで言う。

「俺、兄貴に何も勝ったことないんだよ……」

「……」

小鳥は雄斗の言葉にすぐに答えることはできなかった。

努力家で優秀な兄へのコンプレックス。兄弟のいない小鳥には実感の湧かない感情だった。

ただそれでも、少し迷ったが素直に疑問に思ったことを聞いてみることにした。

「確かに祐介さんは凄い人ですけど、別に祐介さんと比べなくてもいいんじゃないでしょうか？　学校に行けばいくらでも他に競い合う人もいるでしょうし」

兄弟はどうしても強く意識してしまうものだ、それは知識として分かる。

その上で、そういう風に考えることはできないのだろうか？

「……ははは、分かってないなあ。ああ……まあ、小鳥さんは美人で頭も良さそうだし、運動も苦手じゃなさそうだもんな。分かるわけないか」

雄斗は乾いた笑いを浮かべる。

「俺は学校でも下から数えたほうが断然早かったんだよ。勉強も運動も……ね。その上、兄貴みたいにそこからなんとか這《は》い上がってやろうなんて気合もなくてさ。小鳥さんにも分かるように言うと『底辺』ってやつなんだよ……そう、『底辺』なんだ……」

画面の中では、小鳥のキャラが雄斗のキャラを丁度倒したところだった。

また雄斗の負けである。

しかし、雄斗は悔しそうな素振り一つ見せず。

「うん。だから、どうでもいいんだ。学校も……将来も……どうでもいい……」

自虐的に笑ってそんなことを言うのだった。

「……雄斗さん」

そんな雄斗を見て小鳥は思う。

そうか。

確かに自分は気持ちを分かってやれていなかった。

どうしても結城の弟というだけで「それなりには優秀な人間」というイメージを持ってしまっていた。

そんなだから兄とだけ比べなくても、などという見当違いな言葉が出てくるのだ。

雄斗は同世代と比較しても「ダメ」だったのだ。

何をやってもそうだったのだろう。

だから、こうして引きこもってしまった。何もやる気が無くなってしまった。

「……そうですか、辛《つら》いですね」

小鳥のその言葉に、雄斗はムッとした顔になる。

「さっきも言っただろ。アンタみたいな人に何が分かるって言うんだよ」

「すいません。ただ希望が持てなくなるのは、辛いと思いますから……」

「……」

小鳥の言葉に少し驚いたように目を見開く雄斗。

雄斗は「どうでもいい」という言葉を、何度か口にしている。

きっとそれは「自分に期待ができなくなってしまった」からなのだ。

最初は希望を持っていても、何度も上手《うま》くいかない経験を積むうちに、何をするにも初めから自分に期待できなくなってしまったのだろう。

それはとても辛いことだと、小鳥は身をもって知っている。

希望が無くなると人は絶望する。

自分が母親の代わりにはなれないと思い知った時、小鳥は絶望してその身を投げたのだから。

「雄斗さん……」

小鳥はコントローラーを床に置くと、雄斗の方に向き直る。

「ん？　なに？」

「私は『どうでもよくなんかない』と思います」

真剣な声でそう言った。

「え？」

「私は希望を無くした先に何があるかを見たことがあります。雄斗さんが今落ちて行ってるその先がどうなっているかです」

「なんだよ小鳥さん、急にマジな話して」

少し引いた感じでそんなことを言う雄斗。

しかし、小鳥の目を見ると本気で話していることを悟ったようだった。

「……何があるの？」

「何もありませんでした」

小鳥はあの雨の日の気持ちを鮮明に思い出しながら、ハッキリとそう言った。

「知ってますか？　人は何もない中に、自分だけが存在すると、自分も無くしてしまいたくなるんですよ」

「……」

「だから……少なくとも私は、雄斗さんがこのままでいいとは思わないんです」

小鳥は雄斗の目を真っすぐに見つめてそう言った。

「……っ」

雄斗は目を逸《そ》らす。

「このままじゃダメって言ったって……じゃあ、どうすりゃいいんだよ？」

「そうですね……」

小鳥は少し考える。

そして部屋にかけてある時計が目に入った。

ずいぶん長くゲームをしていたので、もう昼である。

「じゃあ、とりあえず部屋を出て皆とお昼ご飯を食べましょう」

「……え、それだけ？」

「はい」

「いや、そんなことしても何か変わるわけじゃ……」

「変わりますよ。部屋から出て、普通の生活らしいことをできるじゃないですか」

「それだけじゃん」

「まずは小さな変化からです。どんな大きなことも」

小鳥は立ち上がると雄斗の手を取る。

「さあ、行きますよ雄斗さん」

◇

小鳥が雄斗の手を引いて居間にやってくると、丁度結城と麻子が昼食の焼きそばを食べようとしているところだった。

「おう、小鳥先に食べてるぞ……って」

結城が振り返ってこちらの方を見る。

「……雄斗」

「……」

黙ったまま結城の方から顔を逸らす雄斗。

「ふふ……今日は、お昼を一緒に食べたいそうですよ。ね、雄斗さん？」

コクリと頷《うなず》く雄斗。

「あらあら!! じゃあ、雄斗の分も持ってこないとね!!」

麻子は分かりやすすぎるくらいに嬉《うれ》しそうにそう言うと、コタツから立ち上がってキッチンの方に歩いて行った。

「……」

「……」

その場に残った結城と雄斗は、お互い黙ったまま固まっていた。

「ほら、雄斗さん。ずっと立ってると風邪引きますよ」

小鳥はそう言って先にコタツに入ってみせる。

「……あ、うん」

雄斗はそれを真似るようにしてコタツに足を入れた。

「なあ雄斗……」

結城が口を開く。

「……なに、兄貴？」

「なんだ、その……思ったよりも元気そうだな」

「うん……まあ。兄貴も相変わらずだな」

「……そうだな」

「……」

「……」

そして先ほどと変わらず、そのまま結城も雄斗も黙ってしまう。

（……ものっ凄《すご》くぎこちないですね）

二人の姿を見て若干苦笑いする小鳥。

結城は、雄斗のことを凄く気にかけているし「また一緒にキャッチボールをしたい」と言っていた。雄斗の方も結城のことを話す口調からは、思うところのある存在であると同時に尊敬できる兄だと思っているという感じが伝わってきた。

お互いのことは決して嫌いではないはずなのだが、どうしてもよそよそしくなってしまう。

(……まあ、これはこれで兄弟の形なんですかね)

一人っ子の小鳥はそんなことを思う。

沈黙の中、テレビからはクリスマス向けの商品をお笑い芸人が大げさにリアクションして紹介する音だけが流れていた。

◇

昼食を食べ終えた後、雄斗は再び自分の部屋に戻ろうとした。

久しぶりに部屋から出て人と会話したのだから疲れたのかもしれない。

(……でも)

小鳥は思う。

せっかく部屋から出たのだから、もう少し頑張ってみてもいいのではなかろうか？

と。

「雄斗さん」

階段を上る雄斗を呼び止める。

「このあと外で散歩しませんか？」

「……えー」

「露骨に嫌そうですね……」

「兄貴に付き合ってもらえばいいじゃん」

「祐介さんはこのあと麻子さんと、公民館へ自治会の行事の手伝いに行くそうなんですよ」

「……そうなの？」

「はい」

実際嘘ではない。

結城と麻子はこの後自治会の手伝いに行くことになっている。

ただ、本来は小鳥も結城についていくつもりだったが、今は雄斗が気にかかる。

小鳥はまだ居間にいる結城にアイコンタクトを送る。

「……」

結城は黙って頷いた。

その目が「じゃあ、弟を頼む」と言っている。

「まあ……それならいいけどさ……知らない道で女の子一人ってのも、まあ危ないし」

「ふふ、ありがとうございます」

◇

小鳥はゆっくりと少し雪の積もった田舎の道を歩いていく。

「それにしても、いいところですね。景色もよくて空気も綺麗《きれい》で」

「何もないだけだよ」

何歩か後ろを歩く雄斗がそんなことを言う。

「自然があるじゃないですか」

小鳥は素直にそう言った。

普段住んでいるところも決して大都会というわけではないが、県内ではそれなりに発展している場所である。

自然はあるが、ここのまさに大自然といった感じとは比べるまでもない。

「それだって、町の方みたいに色んなものが揃ってるほうが便利だし、遊ぶ場所も沢山あるでしょ？」

「んーと、私はあんまり外に遊びに行ったりはしないので……家でゲームすることがほとんどですし」

「変わってるな……兄貴の彼女は……」

「最近よく言われます」

前の女子高ではほとんど話をする相手がいなかったのだが、今の学校では大谷や吉田《よしだ》といった友人たちに「変わってる」と言われる。

アンタは無欲すぎると。

まあ、確かに他の同年代の子たちに比べるとそうなのだろうとは思う。

ただ小鳥としては、身近にもっとストイックな人間がいるので自分などまだまだだと思う。最近なんて宿題をしなくちゃいけないのにゲームにふけってしまうこともよくあるし
……気を付けよう。

そんなことを思いながら歩いていると、あるモノが目にとまった。

公園に設置されている壁当て用の壁である。

「へえ、こういうの置いてあるの珍しいですね」

町の方では安全のためという理由で、公園の遊具は小鳥が小さい時に比べてかなり数を減らしている。

球技用の壁などは、ボールが逸れたりすると危ないため使えないことになっている場所もいくつかあった。

「なに、小鳥さんソフトボールかなんかやってたの？」

「……いえ、やったことはないんですけど。ちょっと野球とは縁があって。ああ、結城さんとキャッチボールしたことはありますね」

「ふーん、仲が良くていいですねそれは……」

他人の幸せそうな話なぞ面白くない、と言わんばかりの雄斗の態度に苦笑する小鳥。

「雄斗さんもやっぱり、結城さんみたいに小さい頃お父さんとやってたんですか？」

「え？　あー……まあ」

雄斗は少し頭を掻《か》いて。

「……少しはね。ほんと少しだけど。お父さんが見てる横で、ここの壁にボール投げたりもしたことはあるよ」

「へえ」

意外だった。

結城を父親がどんな風に育てたかは聞いていたので、てっきり雄斗も同じようにガツガツやらされていた時期があったのかと思っていた。

そんなことを考えながら公園に入ってみると、壁の側に軟式野球のボールが落ちていた。

誰かの忘れ物だろうか？

「ちょっとお借りしますね」

小鳥はそれを拾うと壁の前に立った。

「えい」

投げる。

ボールはゆっくりと放物線を描いて、壁に描かれたストライクゾーンの的の真ん中に命中した。

コロコロと戻ってきたボールを、屈《かが》んで拾い上げる小鳥。

「やった、ストライクですね」

そう言って雄斗の方を見る。

「……小鳥さんホントにやったことないの？」

「え？　なんでですか？」

「いや、投げ方メッチャ綺麗なんだけど。コントロールもいいし」

「そうなんですかね？　前に結城さんにも言われましたけど」

「うん、それで野球やったことないってのは詐欺だよ」

「そうですか……」

まあ小さい頃、父親のプレイする姿は母親と一緒に見ていたからなんとなく、野球っぽい動きは知っている。

あと、実は小鳥は運動と勉強だったらどちらかというと運動の方が得意だったりする。勉強はいい子でいないと、と思ってずっとやっていたから今の学校でも上の方の成績を取っているが、実はそれほど授業の理解が早い方ではないのだ。

結城も太鼓判を押すあたり、父親の運動神経や野球センスは遺伝しているのかもしれない。

まあ、その父親は小学校の頃から学校ではかけっこから球技から水泳まで、ありとあらゆる種目で一位を独占し続け、陸上部でもないのに中学の頃助《すけ》っ人《と》で出た短距離走で全国大会三位になるという、実にプロ野球選手らしい怪物エピソードを晩酌をしながら語っていたので、１００％遺伝したかと言えばまったくそんなことはないようだが……。

（嬉《うれ》しいような……複雑な気分ですね……）

今更父親を恨む気は無いし早く出て来て欲しいと思っているが、色々と思うところはある。

「……」

雄斗がこっちを見ていることに気が付いた。

目線は小鳥が持っているボールの方に向いている。

「あ、雄斗さんも投げますか？」

「え？」

「やっぱり昔やってた人ってボールみたいなものとかバットみたいなモノを持つと、野球の動きしたくなるんですかね？　結城さんなんて、この前キッチンのお玉持った時素振りしてましたよ」

絵面が可愛らしくて笑ってしまったのをよく覚えている。

「はい、どうぞ」

小鳥がボールを差し出すと。

「……いいよ」

雄斗はそう言ってボールから目を逸《そ》らした。

「いいんですか？」

「うん。別に野球好きじゃないし……」

「そうですか……」

そのわりには先ほどかなりジッとボールを見ていた気がするが。

「結城さんの弟さんがどんな風に投げるのか、見てみたかったですけど」

「そうなの？」

「はい。やっぱり兄弟で似てるのかなとか、個人的に興味があったんですが」

「……」

雄斗はしばらく黙っていたが、やがてボールを手に取る。

「あの、無理にやらなくてもいいですからね？」

「別にいいよ投げるくらい。でも、上手《うま》くないからね」

そう言うと、雄斗は大きく振りかぶる。

長身で手足が長いだけあって迫力があるなあと思ったが……。

ポスン、と雄斗の手から放たれたボールは勢いなく的からかなり外れた場所に当たった。

「……ええと」

凄《すさ》まじく遅いし、コントロールも酷《ひど》い。フォームも振りかぶるまではよかったが、実際に投げ出すとなったらとんでもなくぎこちなくて不格好であった。

「だから言ったじゃん……俺、ヘタクソなんだって。そういう期待と違ったみたいな顔されるのウザい」

「ええと……すいません」

「俺……生まれた時、心臓に病気あってさ」

雄斗はあさっての方向に転がっていったボールを拾いながら言う。

「お父さんはそれでも最初のうちは『動いて体力がつけば何とかなる!!』とか脳筋なこと言って練習させてきたんだけど、一回練習中に俺が倒れたことがあってさ」

「え!?　大丈夫なんですか!?」

慌てる小鳥。

思いっきり外に連れ出して、ボールを投げるという心拍数の上がりそうな運動をさせてしまった。

「ああ、病気自体は手術して治ったんだけどさ……でも、もうそれ以来お父さんは俺に練習させて来なくなってさ。兄貴とだけ一日中一緒に練習してたよ。まあ俺は親父にとって『コイツには無理』だって判断されたんだろうな」

「雄斗さん……」

「そんな顔しなくていいよ。おかげで兄貴みたいに一日中野球だけやらされないで済んだし。自分の親父にこんなこと言うのもあれだけど、あんなんほとんど虐待だよ虐待。俺は好きなだけダラダラできたし、ゲームもやれた。ラッキーだったよ」

雄斗は手に持ったボールを見ながら言う。

「……ホントに、ラッキーだったよ。見限ってもらえてさ」

薄く笑いながらそんなことを言う雄斗。

（本当にラッキーだと思ってる人は、そんな顔しないと思いますけどね……）

小鳥は少し考えて。

「ねえ、雄斗さん」

「ん？」

「心臓の方はホントにもういいんですか？」

「うん。中学に入る前に手術して、もう完治してる……はず」

「なら、ちょっと練習してみませんか？」

「え？」

「今なら沢山運動しても大丈夫なんでしょう？　それならほら、ストライク入るまでちょっと投げ込んでみましょうよ。私、見てますから」

「えー、なんだよそれ」

「たぶん雄斗さん、中途半端なところで練習しなくなっちゃったから上手く投げられないだけだと思うんですよ。少し練習すればきっと上手くなると思います」

小鳥がそう言うと、雄斗はすねたような口調で。

「ならないよ。才能無いんだから……」

そんなことを言ってきた。

だから、小鳥はその目を真っすぐに見つめて。

「私は上手くなると思います」

そうハッキリと言った。

「……」

「雄斗さんは練習すれば上手くなると思います」

「……」

しばらく小鳥の目を見て固まっていた雄斗だったが。

「……分かったよ。やってみる」

雄斗はそう言うとボールを持って壁の前に立つ。

「頑張ってください」

小鳥は笑顔でそう言った。

そうして雄斗の投げ込み練習が始まった。

やはり投げ方はぎこちない。

当然ボールは遅いしストライクゾーンにも行かない。

そもそも野球どころか運動をすることが久しぶりらしく、とにかく動きが硬かった。

なにより、長い引きこもり生活や心臓の病気があった頃の名残で、思いっきり動き続けたことがほとんど無いらしく、すぐに息が上がってしまう。

十分もする頃には、小鳥から見ても不安になるほど「ぜえぜえ」と息が上がっていた。

「……大丈夫ですか？」

心配してそう声をかけた。

しかし。

「はあ、はあ……ダメだ、やっぱり俺……」

そう言いかけた雄斗だったが。

「……いや」

小さく首を振った。

「……もうちょっとやってみるよ」

「……そうですか」

小鳥は持ってきていたタオルで雄斗の汗を拭《ふ》きながら言う。

「男の子ですね、カッコいいですよ」

「……なんだよそれ」

雄斗は少し顔を赤くして再び投げ込みを始めるのだった。

そしてそこからさらに一時間。

「はあ……はあ……はあ……」

雄斗は完全に息が上がっていた。

立っているだけでふらついている。

これだけ投げてほとんどストライクに入っていない。

しかし、慣れてきたのか昔の感覚を思い出したのか、ボール自体はそれなりの速さで行くようになってきていた。

「……一球でいい、いい球をストライクに」

小鳥はその姿を黙って見る。

日頃運動をしない人が一時間もボールを投げたらキツイに決まっている。

このまま今すぐに倒れても不思議では無いだろう。

でも、小鳥は黙ってそれを見る。

雄斗はできる、と。そう思うから。

「……っ」

雄斗がボールを投げようと片足になった時、疲労で体がふらついた。

倒れそうになるのをなんとか堪えながら足を踏み出す。

それが逆によかったのかもしれない。

力の抜けた自然な体重移動から放たれたボールはあさっての方向に飛んでいったが、スピードも回転もこれまでとは比べ物にならないほどよかった。

「!!」

雄斗は何かに気が付いたように、目を見開いて小鳥の方を見た。

黙って頷《うなず》く小鳥。

雄斗は急いでボールを拾うと再び投げる。

先ほどと同じく、いい回転の速いボールがストライクゾーンに吸い込まれていった。

バァンッ!!

という、最初のボールとは比べ物にならないほど強い音が鳴り響いた。

「……やった」

雄斗は満面の笑みで小鳥の方を見る。

「見た？　今の!!」

心底嬉《うれ》しそうなその様子に小鳥も嬉しくなってしまう。

「はい!!　ナイスボールです!!」

グッとサムズアップする。

「……そうか、できるんだな俺」

雄斗は小さくそう呟《つぶや》いた。

そして、もう一度小鳥の方を見ると。

「その……ありがと……」

目線は逸らしながら歯切れ悪くそんなことを言った。

「ふふ」

小鳥は口に手を当てて笑った。

「頑張ったのは雄斗さんですよ。カッコよかったです」

小鳥は雄斗の頭を撫《な》でる。

背が高いので大変だったが撫でたくなったのだ。

「うん……頑張りました」

「……ガキじゃないんだから」

「一応私の方が年上ですよ？」

「……」

雄斗はその手から逃げるように頭を避ける。

その顔は激しい運動をしたせいか、真っ赤になっていた。

◇

さてその日の夜。

「祐介さんたち、まだ帰ってきてないですね……」

小鳥は台所で味噌汁《みそしる》を作りながらそんなことを呟いた。

一応「まだ終わりませんか？」というメッセージは結城に送っておいたのだが、まだ返事は無い。

と言っても結城も小鳥も、こまめにメッセージを確認する癖は無いためいつものことである。

なので冷蔵庫にあった野菜を使って、とりあえず一品だけでも晩ご飯を作っておくことにした。味付けは濃いめに作って、おかずにもできるようにしておく。二人が自治会で晩

ご飯を食べてきてしまっても、味噌汁ならある程度保存がきく。

「……うん、こんな感じですかね。おいしい」

野菜が新鮮だから、特に凝ったことはしなくても素材の味がしみ出して深い味わいになる。

雄斗は「何もないところ」などと言ったが、やっぱり素敵なところだなと思う。

元々、都会的な雑踏は得意なほうではないし。結城の将来の夢は医者不足の地域で仕事をすることだが、こういうところなら小鳥も大歓迎である。

余った野菜を冷蔵庫に戻そうとしたときに、そこに貼られたカレンダーにふと目が行く。

「ああ、そう言えば今日はクリスマスでしたね……」

同年代の女子たちはクリスマスには特別なものを感じている子が多いが、小鳥には実はピンとこない。

元々、記念日にあまり関心が無いのと、母親が古風な家の出身だったらしくクリスマスよりはお盆や正月の方を大事にしていたため、記念日と言えばそっちの印象が強いのである。

ちなみに父親の方は野球が忙しくて記念日どころではなかったし、家に帰ってきた日が記念日だと言わんばかりに、帰ってきた日は家族で外に食べに行ったりプレゼントを買ってくれたりしていた。

そんなわけで、こういうところでも「変わっている」小鳥だった。

だが無欲かと言われるとそんなことは無く、実は記念日だろうが記念日じゃなかろうが、自分が作った料理は目の前でおいしそうに食べて欲しいタイプである。それがたまらなく気分がいい。

引きこもって団らんに参加しない雄斗にも、平気な顔で毎日ご飯を作る麻子には「すごいなあ」と感心してしまう。自分だったら悲しくなって作りたくなくなるかもしれない。

まあ、そんなわけで本日も自分の目の前で結城や麻子に料理を食べてもらうために、いつまでも待つつもりであるが。

「雄斗さんには先に食べるか聞いてみたほうがいいですね」

できれば晩ご飯も家族で一緒に食べて欲しかったが、まあ、今日は色々と頑張ったしいいだろう。それにあの年頃の男の子はすぐにお腹が空くものだと聞いている。

小鳥は鍋《なべ》の火を止めると、手をタオルで拭いてキッチンを出て二階に向かおうとする。

そして、ちょうど玄関の前に出たところで。

ガラガラ、と年季の入った扉が開く音がした。

「ふうー、いやあ疲れたわあ。あら、ただいま小鳥ちゃん」

麻子と結城が帰ってきた。

「んー?」

麻子は鼻をクンクンとひくつかせる。

「なんかいい匂いするわね?」

「ああ、勝手ですがお味噌汁作らせてもらいました。お腹空《す》いてましたらどうぞ」

「あらあらまああ。ホントに気の利く子ねえ!!」

麻子は頬に両手を当てて弾《はじ》けるような笑顔でそう言った。

「自治会の方ではお茶しか出なかったからお腹ペコペコよお。簡単にもう一品作っちゃうからさっそく食べましょう!!」

麻子はそう言うと、ドタドタと台所の方へ歩いて行った。

「元気だなあ……」

小鳥は素直に感心する。

自分よりも二十歳くらい年上なのに子供のように喜べる。

ああいう人と一緒にいれば、毎日楽しいだろうなと、そんな風に思う。

「……いつもありがとな、小鳥」

結城が、玄関に立ったままそう言った。

「結城さんもおかえりなさい」

小鳥がそう言うと、結城は「うん」と頷く。

「……あれ？　上がらないんですか？」

小鳥はそう尋ねた。

結城は玄関に立ったまま靴を脱ごうとしないのだ。

「うん、ちょっとな。小鳥……ご飯食べたら少し外歩かないか？　今日あんまり二人でいる時間なかったし」

◇

そして夕食後。

「凄《すご》いですね。ほとんど真っ暗で星がよく見えます!!」

小鳥は外に出ると星を見上げてそう言った。

「この辺は町の方ほど明かりが無いからなあ……てか、そんな感心するようなものなんだな」

「はい、すっごく綺麗《きれい》ですよ」

生まれも育ちも町の方の小鳥には、この星空と真っ暗な夜道は新鮮だった。

初めて見る人工の明かりに隠されない本当の夜は、ずっと見ていられるほど優しく輝いている。

しかし、どうやら夢中になりすぎてしまったようだ。

「あっ」

小鳥は雪の下に隠れていた氷に足を取られてしまう。

「おっと」

だが、転ぶ前に頼もしい腕に抱きかかえられる。

同時に、ちょっと汗っぽいけど安心する結城の匂いがする。

「気を付けなよ。暗くて足元見づらいから」

「……はい、ありがとうございます」

急に密着したので小鳥は少し心拍を激しくさせながらそう言った。

暗くてよかった。今顔が真っ赤になっているかもしれない。

小鳥は結城から離れて体勢を立て直す。

「……」

結城は黙って自分の右手を見つめていた。

「なあ、小鳥は道まだ慣れてないだろうから手繋《つな》いで歩かないか？」

「……え？」

「うん。そうしよう」

結城はそう言うと、優しく小鳥の手をとって歩き出す。

小鳥もそれに遅れないように歩き出す。

結城の手は温かかった。

いつもの、ゴツゴツしていて温かくて大きな手だ。

二人は指を絡めてしっかりと繋いだまま夜の道を歩いていく。

「……」

手なんて毎晩繋いでいるのに、なんとも気恥ずかしくて黙ってしまう小鳥。

結城の方を見る。

「……」

結城もどこか恥ずかしそうに黙ってしまっていた。

暗くてよく見えないが、自分と同じく赤面しているのかもしれない。

そういうところは、可愛らしいなと思う。

「……」

「……」

しばらく二人は繋いだ手から伝わってくる幸せを感じながら歩いていた。

結城がどこに向かって歩いているのか、それとも目的地とかはなくて気ままに歩いているだけなのか、それはあえて聞かないことにした。

外は寒いがずっとこの平穏な幸せが続いたらいい。小鳥はそんな風に思う。

やがて二十分ほど歩くと。

「ああ、ここだ」

結城がそう言って立ち止まった。

真っ暗になっていてイマイチ見えないが、少し大きめの施設だった。

施設の前には駐車スペースとちょっとした広場があり、一本木が立っていた。

「ウチの地域の公民館だよ」

「ああ、ここがそうなんですか」

日中結城たちが手伝いに行っていたという場所である。

「ちょっとここで待っててもらっていい？」

結城はそう言って繋いでいた手を離すと、建物の方に歩いて行った。

「え？　はい」

結城が側を離れると急に夜の寒さが強くなった気がした。

先ほどまで繋いでいた手のぬくもりが消えて冷たくなっていく。

「……あ、寂しい」

ふと、そんな風に思った。

もちろん結城は何かをしにちょっと公民館の方に行っただけなのだが、そのちょっとの間が凄く寂しくなった。

（普段は祐介さんが遅くまで仕事や勉強でなかなか帰って来なくても大丈夫なのに……）

肌を刺すような山の冬の寒さがそうさせるのだろうか。

（なんか、メンヘラ……？　みたいですね私……）

この前大谷から聞いた言葉で今の自分を表現してみる。

「祐介さん……早く戻ってきて欲しいな……」

そんなことを呟《つぶや》いたとき。

パアッ、と急に辺りが明るくなった。

「え!?」

小鳥は思わず声を上げてしまう。

公民館の広場に一本生えている木が、ライトアップされたのだ。

色とりどりのライトが点灯し、夜を明るく照らし出す。

一番上には星の飾りモノ。

これは……。

「今年は自治会でクリスマスツリーを飾ることになったみたいでさ」

結城が戻ってきた。

「だからちょっと会長に頼んで、今夜だけ貸してもらったんだ」

その手には鍵《かぎ》を持っていた。公民館の施設の鍵だろう。

「どうしてですか……？」

「どうしてって、そりゃ小鳥と二人で見たかったから。まだ二日早いけど借りられるの今日だけだったからさ」

そして結城はポケットからラッピングされた小ぶりな箱を取り出す。

「メリークリスマス、小鳥」

「……」

「クリスマスプレゼント……って言っても、中身はいつも小鳥が使ってるクリームなんだけどな」

「……」

小鳥はポカンと口を開けたままプレゼントを受け取る。

「あー、その……ちょっとキザすぎたかな？」

結城が頰を掻《か》きながらそんなことを言う。

先ほどは見えなかったが、今はライトに照らされて赤くなった頰がハッキリと見えた。

「祐介さん……」

この人は。

「ん？」

「祐介さん‼」

「お、おう。なんだよ」

小鳥はガバッ‼　と勢いよく結城に抱き着いた。

「ちょ、小鳥」

この人は……この人はなんて素敵なんだろうか。

大好き。

絶対に離さない。

ギューッと、精一杯の力を込めて抱き着く。

「……喜んでくれたならよかったよ」

結城はそれを優しく包み込むように受け止めて抱きしめてくれる。

自分よりも大きな体が温かく包み込んだ。

「好き……大好き……本当に……」

「俺もだよ。これからもよろしくな小鳥」

二人はしばらくクリスマスツリーのライトに照らされながら、互いの体温を感じていたのだった。

第三話　雄斗と祐介

翌日。

この日はクリスマスイブだった。

テレビの中や町の方ではカップルや家族連れの人々が、混雑も気にせず聖なる夜を楽しんでいる。

一応、クリスマス商戦のようなものとは程遠いこの地域でも、比較的若い人々はクリスマスを楽しんでいるものが多い。

さて、そんな中。

結城《ゆうき》の弟、雄斗《ゆうと》は普段と変わらず自分の部屋でゲームをしていた。

しかし、普段と違うところが一つ。

なんと雄斗の部屋に女子が遊びに来ているのである。それも年上の美人と言っても過言ではない女だった。

男、結城雄斗。引きこもりでありながらもやることはやる人間だ。

……と言いたいところだが、実際のところ全くそんな色気のある話ではなく。

「ほんっっっと、ありえないわ!!　結城のやつもあの女もアタシのこと舐《な》め腐って!!」

「……大坂《おおさか》さん、わざわざ俺の部屋に愚痴言いに来るのいい加減やめてもらっていいですか？」

そう、部屋に来ている女子とは大坂奈央子《なおこ》の事だった。

「断るわ。アンタみたいな引きこもりがアタシみたいな美女と同じ空間にいられることを感謝しなさい」

「……愚痴を言う友達とかいなそうだもんな」

「ん？　なんか言ったかしら？」

「いや、なんでもないでございますよ、はい」

どうせ何を言っても無駄である。

元々家が近いのもあり、結城に話しかけようとして家に来てもヘタレてほとんど話せなかった大坂の話を、代わりに雄斗が聞いていたらいつの間にかこういう関係になっていた。

まあ、雄斗としてはゲームをする片手間で聞いているだけなので多少なら気にしないのだが、来るたびに毎回一時間以上愚痴を言うのは勘弁してほしかった。

今日に関しては、よほど不満が溜《た》まっているのか、すでに三時間以上愚痴を言い続けている。

むしろよくそこまで思うところがあるなと一周回って感心してしまう。

「そう言えば、結城と例の女は家にいなかったわね？」

「ああ、二人なら大坂さんが来る前に仲良く手を繋《つな》いで出て行ったよ。兄貴が小鳥《ことり》さんにこの辺を案内するんだって」

「なによそれ!! ひょっとしてクリスマスデートってこと!?」

「ひょっとしなくてもクリスマスデートでしょ」

「ムキー!! 何見せつけてんのよクソが!! これじゃあクリスマスイブにこんな引きこもり陰キャ男に何時間も愚痴ってるだけのアタシが負け犬みたいじゃない!!」

「いやまあ、客観的に見れば大坂さんは見事に負け犬してると思うけど……っていうか、俺に対しての評価酷《ひど》くない？」

そりゃあまあ、うん、間違ってはいないんだけど……。

「ムカつく!! ムカつく!! だいたいなんでクリスマスなんて日本で祝ってるのよ!! キリスト教徒でも無い癖に。企業の広告に踊らされてるんじゃないわよ、バーカバーカ」

「……よくそんな負け犬のお手本みたいなセリフがぽんぽん出てくるね」

「……ふう」

一通り怒り散らかして落ち着いたのか、大坂は一息ついた。

「だいたい、何がどうバグったらあんな超美少女がアイツと付き合うことになるのよ……」

「まあ、そこは俺も凄《すご》く驚いたよ」

雄斗は昨日小鳥に頭を撫《な》でられた時のことを思い出す。

温かくて柔らかくて、ちょっといい匂いがした。

「小鳥さん、ホントに綺麗《きれい》で、いい人だ……」

「……」

「なにさ？」

大坂がこちらの方をジトッとした目で見ていた。

「……なにアンタ、あの女に惚《ほ》れたの？」

「え!?」

大坂に言われて一瞬「ドキリ」と心臓が跳ねる。

「そ、そんなことは……ある、けど……」

思いのほか素直に思いを口にすることができた。

うん、そうだ。

だって、顔を合わせると鼓動が速くなるし、あの綺麗な髪とか柔らかそうな体とか触ってみたくなるし。というか昨日から一日中小鳥のことを考えていた。

むしろ自分のような引きこもりの男が、あんな美人に優しくされたら好きにならないほうがおかしいというものだろう。

「うん……ぶっちゃけ、メチャクチャ好きだと思う」

「……そう」

大坂は馬鹿にしたりあざ笑ったりはせず、少し目を細めてそう言った。

「でも、兄貴の彼女だしね……ダメだよ……」

そう、残念なことに好きになったその人は、すでに兄の彼女なのである。

始まる前からこの恋は終わっている。

「そうね……」

大坂も同情するようにそう言ったが。

不意にピタリと動きを止めた。

「……ん？　いやちょっと待って、これはチャンスなのでは？」

「え、チャンス？」

「雄斗!!」

「え、あ、はい」

急に両手で肩を摑《つか》まれ、真正面から顔をのぞきこまれる。

正直、女子慣れしていないから凄く動揺してしまう。

「いい？　聞きなさい結城雄斗。兄貴の彼女だからダメなんてそんなことは無いわ!!　たまたまアイツの方がちょっと先に声をかけただけなんだから。アンタにだって権利はあるはずよ!!」

「そ、それは……言われてみればそうなのかもしれないけど」

「聞きなさい結城雄斗。その気持ちからは逃げちゃだめよ。真っすぐに向かいなさい、真っすぐに突き進みなさい。恋愛なんて勢いがあればなんとかなるんだから」

「……そうかな」

「それとも諦《あきら》めるの？　今までみたいに勉強や運動や学校みたいに、その気持ちも諦めるの？　ああ、やっぱりそういうホントはどうでもいいくらいのものなのねえ、その恋心も」

その言葉を言われたとき、雄斗は珍しくカチンと来た。

「……違う!!」

雄斗は勢いよく立ち上がった。

元々背は高いほうの雄斗が珍しく怒ったので、怖かったのか少し大坂はビクリとする。

「俺はちゃんと本気で小鳥さんが好きなんだ、どうでもいい気持ちなんかじゃない!!」

「……ふうん、じゃあどうするの？」

「ああ、やってやるさ。やってやるとも。兄貴から小鳥さんを勝ち取ってみせるとも」

雄斗は拳《こぶし》を握りしめてそう言った。

「……よし、これで二人が別れてくれればアタシにもチャンスが」

「……ん？　なにか言った？」

「な、なんでもないわ」

◇

そして翌朝。

「というわけで、俺と勝負だ兄貴!!」

雄斗は結城を近くのグラウンドに呼び出した。

対戦する種目は野球である。

お互いピッチャーとバッターを交互に三回ずつやって、ヒットにした数の多いほうが勝ちというシンプルなルールである。

あの兄に野球で挑むというのは、雄斗としてはまさに決死の覚悟であった。

一方、その兄の方はというと。

「いやあ、雄斗と野球やるなんて久しぶりだなあ」

と、嬉《うれ》しそうにニコニコしながらストレッチをしていた。

「祐介《ゆうすけ》さんも雄斗さんも頑張ってくださいねー」

小鳥がバックネットの後ろで応援していた。

今日も冬の風にサラサラと黒髪がなびいて、可憐《かれん》で可愛らしい。

ああ、好きだ。やっぱり好きだなあ小鳥さん。

「なあ、勝負はいいけどハンデとか無くていいのか？　俺が有利過ぎるし」

兄はそんなことを言ってくる。

雄斗はムッとして、結城のもとまで歩み寄る。

「……いいよ。その代わり俺が勝ったら欲しいものがある」

「お、なんだ？　そんなに値が張るものじゃなければいいぞ」

自分が負けるとは微塵《みじん》も思ってなさそうな兄に雄斗は言う。

「じゃあ!!　俺が勝ったら小鳥さんをくれ!!」

大声でそう宣言した。

「ええ⁉」

急に自分の名前が出てきたことに驚く小鳥。

「はっはっはっ‼　それは負けられないなあ」

本気にしていないのかそれともやはり微塵も負けると思っていないのか、結城はそんな風に笑った。

(ちっ、舐められてるな……勝ってやるぞ……)

「よし、じゃあやりますか」

結城はそう言うと、バットを持って右の打席に入る。

「よろしくな大坂」

キャッチャーを務めるのは大坂である。

しっかり防具をつけてすでに準備完了。元々スポーツ万能ということもあり、構えも結構様になっている。

「……ええ。よろしく」

「よーし、プレイボールだ。いつでも来い」

結城の構えは、バットヘッドを少しホームベース寄りに出して普通に立っているだけというような感じである。

「……ふう」

雄斗はマウンドに立つ。

（……俺だって別に勝算も無しに挑んでるわけじゃない）

父親が死んで以降、結城がすっぱりと野球をやめてしまったことを雄斗は知っている。

野球というのは丸いボールを丸いバットで高速で打ち返すという性質上、プロ選手でも三割打てれば一流選手という非常に難しい競技である。

さらに言えば、目を瞑って振ったバットがたまたま当たってボールが前に転がってイレギュラーバウンドでヒット、などということも珍しくなく起こるという、非常にランダム性の高い競技でもある。

だから、この三本勝負のような短期決戦ルールなら、実力差があってもいくらか勝ち目があるのだ。

ただし前提として「自分のボールがストライクに入る」ことが要求される。

全部ボールで振ってもらえなければ１００％フォアボールで塁に出てしまう。ストライクゾーンという狭い範囲に18m以上離れたマウンドからボールを入れるのは、経験者でなければかなり難しい。

だから、本当にド素人が勝つことはこのルールでも不可能に近い。

しかし。

(もう、俺は入るんだよ。ストライク!!)

そう、先日小鳥のおかげでストライクに入れるコツを掴んだのだ。

それに成長して体も大きくなって手足も長くなった分、球の速さだって小さい頃とは比較にならない。

(行くぞ)

大きく振りかぶる。

倒れこむように重心を移動して、腕を自分の体に巻きつけるように。

……投げる!!

(……よし、いいボールだ!!)

ボールを放した瞬間、雄斗は確かな手ごたえを感じた。

その感触通り、雄斗の手から放たれたボールは綺麗《きれい》な回転でストライクゾーンの真ん中やや低めに構えられた大坂のミットに吸い込まれ——。

バキイン!!

と、金属の甲高い音が響いた。

「え⁉」

ボールは弾丸のような勢いで、雄斗の左側に飛んでいきガジャアン‼　と勢いよくフェンスにノーバウンドで直撃する。

「いやあ、雄斗いつの間にそんな球速くなったんだ？　引っ張ろうと思ってたのにちょっと振り遅れちゃったよ」

結城が弟の成長を喜ぶように、物凄《ものすご》く嬉しそうにそんなことを言った。

（……な、流し打ちで、フェンス直撃の弾丸ライナー……）

そこまで広いグラウンドでもないし、金属バットを使っているとはいえ普通はできることではない。しかも一球目から……。

「あ、兄貴、何年も野球やってなかったんじゃ……」

「そうだけど、バイトで力仕事してるからさ。ほら、腕なんて野球やってた頃より断然太くなったぞ」

そう言って腕まくりをして見せてくる。確かにその腕は遠目で見ても分かるくらい太かった。

いやまあ、確かにバッティングには前腕の力は非常に大事なのだが、それにしてもである。

「やっぱり、何回もやったことってそう簡単には忘れないもんだなあ」

結城はバットをクルクル回しながら、しみじみとそんなことを呟《つぶや》く。

「よし、とりあえず一本先取。攻守交代だな」

「……あ、ああ」

雄斗は結城からバットを受け取り、雄斗は結城にグラブとボールを渡す。

(……そうだよ。知っていたはずじゃないか)

雄斗は打席に入りながら今更ながらに思い出した。

(確かに兄貴はここ数年野球を全くやってなかった。でも……その前は、その何倍もずっと野球をやってきてる)

むしろ雄斗こそがそれを間近で見てきたではないか。

自分がゲームして遊んでいる間も、ちょっと上手《うま》くいかないことがあってグダグダと悩んでいる間も、結城はひたすらに父親とバットを振ってボールを投げていた。

だから、確かに昔に比べて劣っていたとしても。

「よーし、いくぞー雄斗ー」

結城が自然な動きで投球モーションに入る。

そして。

「うわあ!!」

ギュン!!

と、空気を切り裂く音と共にインコース高めストライクギリギリに、凄い勢いでボールが伸びてきた。

あまりの伸びに大坂が取り損ねてミットで弾《はじ》いてしまい、バックネットにガシャンと突き刺さる。

「今のはギリギリストライクだよな？　いやあ、いいとこ行ったわ。ワンストライク!!」

結城はやはり楽しそうにそんなことを言う。

……そうだ。

今の結城はたぶん昔に比べて劣っているのだろう。

でも……それでも……。

（それでも……俺なんかよりは、全然上なんだ……）

◇

「……はあ、はあ、はあ」

雄斗はグラウンドに仰向《あおむ》けになって倒れていた。

息が苦しい。

なんとかしようとしたが、なんともならなかった。

三本勝負は当然結城の勝利だった。

雄斗は再戦を求めて合計五回、同じ三本勝負をしたのだが全く歯が立たなかった。

結城の球に雄斗のバットはかすりもせず。

雄斗の球は悉《ことごと》く結城に打ち返される。打ち損じもちらほらとあったのは結城が鈍《なま》っている証拠かもしれない。

まあしかし、一球も結城の球をかすらないのでは無意味である。

最後の結城の球を闇雲に全然違うところを振って一回転して無様に倒れたのが、今の雄斗の状況だった。

「おお、ナイススイング!! 思い切りいいなあ」

結城は嬉しそうに雄斗の空振りを称賛する。

そして息一つ乱していない。

結城は近寄ってきてこちらの顔を上からのぞき込むと。

「いやあ、やっぱり久しぶりにやると楽しいもんだなあ。まだやるか?」

「……」

「雄斗？」

「……いや。もういいよ」

「そうか。まあ、ほんと楽しかったよ。雄斗さえよければまたやろうぜ」

結城はそう言うとグラウンドを出て行く。

「あの……雄斗さん。大丈夫ですか？　お怪我は」

金網の外から小鳥が心配そうに聞いてくる。

「……大丈夫です。疲れただけですから」

「そうですか。それならよかったです」

小鳥はそう言うと、結城の後を追って二人で仲良さそうに並んでグラウンドを去って行った。

「……」

残された雄斗は仰向けに倒れたまま空を見上げる。

「……無様ね」

マスクを取った大坂が上から顔をのぞき込んできた。

「というか結城のやつに野球で挑むとは思わなかったわよ。さすがに無茶《むちゃ》でしょ」

「……そうだな。分かってたんだホントは」

雄斗は仰向けのまま言う。

「俺が兄貴に勝てるところなんて一つもない……小鳥さんが兄貴より俺を好きになる理由がないんだ……」

「まあ、まったくその通りではあるわね」

大坂が一切容赦なく肯定してくる。

「それで……どうするの？」

「……どうするって、どうもできないよ」

「悔しくないの？」

「別に……ホントは最初から分かってたことだから……」

大坂は眉間《みけん》に皺《しわ》を寄せて言う。

「なによそれ……ホントに負け犬なのねアンタは。いや、焚《た》き付けたのはアタシか……悪かったわね」

そう言って大坂もその場を去って行った。

「……」

一人残された雄斗はまた空を見上げる。

先ほどまでは晴れていたが、少し曇り始めていた。

気温も低いし今日は雪が降るかもしれない。

◇

ピコピコとスマホゲームをタップする電子音が部屋に流れる。

夜。外は雪。

見事なホワイトクリスマスである。

そんな中、薄暗い部屋で雄斗は布団に寝転がってゲームをしていた。

ゲーム自体が楽しいからしているわけではない。こうしていると色々なことを考えなくてすむから現実逃避にやっているだけだ。

兄に勝てないことも、好きな人に振り向いてもらえないことも、なにも取り柄がないことも、学校に行けていないことも、このまま行けばろくな将来が待っていないことも、ついでに昨日今日運動したせいで鬼のように痛い筋肉痛も……。

全部全部、考えなくてすむ。

（……ずっと、ずっと、こうしていられればいいのに）

そうして、スマホゲームのタップ音が流れる。

ただただ流れる。

このままでいい。このままで。このままずっと。

だが、ふとモニターの前に置かれた据え置き型ゲーム機を見て思い出す。

(ああ、そう言えば、ゲームでも小鳥さんに負けたんだったな)

「……うう」

そう思った途端、ゲームをやっていることに嫌気がさしてアプリを閉じてしまう。

ポスンとスマホを投げ出して、布団の上に仰向けになる。

目に映るのは年季の入った天井と、そこからぶら下がる電灯のヒモ。

それだけの何の面白味《おもしろみ》もない、いつもの景色だった。

「……」

先ほどまでのタップ音の代わりに、カチカチという目覚まし時計のかすかな音だけが響く。

雄斗はただ天井を見つめる。

そのまま時間は過ぎる。

雄斗が何もしなくても、時計はカチカチと音を鳴らし時間は進んでいく。

自分を置き去りにして、時間は無慈悲に進んでいく。

この先のこれからも。

……そして。

「……悔しい」

雄斗の口から、無意識にそんな言葉が漏れていた。

◇

一番最初に覚えているのは、六歳の頃。

いよいよ雄斗も本格的に野球を始めることにした日だった。

母親が見守る中、父親と練習をする。兄も一緒だった。

「とにかくまずは思いっきり投げろ雄斗!!」

父親の大きな声にそう言われ、壁に向かってボールを投げ込む。

しばらく投げ込むと、疲労がたまって息が上がってくるが、この父親は当然そんなことくらいで容赦はしない。

「もっともっと。とにかくまずは量が大事だ。さあ、投げ込め。ガンガン投げ込め!!」

「……はあ、はあ」

息が苦しくなる。

それでも投げ込む。

そして……。

それは突然起こった。

ギューッ、と胸が締め付けられるように痛み出したのだ。

「うっ」

その場にうずくまる雄斗。

慌てて駆け寄る両親。

そのまま救急車で運ばれた。病院で先天性の心臓病が見つかる。

それ以来、家族の雄斗に対する態度は変わってしまった。


「祐介ぇ!! 練習行くぞ!!」

父親が兄を練習に連れて行く。

「なんだよクソ親父め。テレビ見てる途中なのに……」

そう言ってしぶしぶといった感じで準備をする兄。

「……お父さん」

「ん？　ああ……雄斗か。そのなんだ、無理はするなよ」

「……うん」

「おい!!　いつまで準備してるんだ祐介!!」

「靴ひも結んでんの!!　いちいち怒鳴るなよ!!」

「……」

半ば喧嘩《けんか》のように言い合いながら練習に向かう二人を、雄斗は見送る。

運動は自分には無理だ。まあでも、別に運動なんて将来役に立たないしな。

そう思っていたが。


「平均以下……」

中学最初の試験の成績は下から数えたほうが断然早かった。

「いやあ、全然勉強しなかったから平均点くらいしか取れなかったわ」

同級生のそんな声が聞こえてくる。

「……まあ、さすがに兄貴よりはマシだけどさ」

野球しかやっていなかった兄の成績は惨憺《さんたん》たるものだった。さすがにアレに負けるようではマズいだろう。

……しかし。

「え？　兄貴、私立の特待B判定だったの？」

中学二年の時に父親が死んで、野球をやめた後勉強をし出した兄はまるで別人のような成績を叩《たた》きだしていた。

「ああ、まあたぶん一番俺が勉強してるしな」

兄は当然のようにそんなことを言う。

「……ずるいよ、兄貴は」

次の日の体育の時間。

「さあ、タイム計るぞー」

マラソンのタイムを計る授業だった。

「結城はタイムの記入よろしくな」

「……はい」

当然、病気のある雄斗は見学である。

入学した時からずっとそうだった。

教官の笛でクラスの同級生たちが走り出す。

軽快に、時には笑い合いながら。

「っ……!!」

「あ、結城!!　なにを!!」

雄斗は思わず走り出していた。

同級生たちの走るトラックの中に入り、腕を振って足を上げて走る。

(ほら、大丈夫だ)

「……俺は、走れ」

ギューッと、胸が痛みだした。

「……うっ」

バタンと倒れこんでその場にうずくまる。

体育教師が慌てて駆け寄ってくる。

「結城!!　なに無茶なことをやってるんだお前は!!　おい誰か保健の先生呼んで来い!!」

(……ああ)

雄斗は胸を押さえて地面にうずくまりながら思う。

（やっぱり……俺は、こんななんだな……）


そして雄斗は、学校に行かなくなった。

部屋を暗くして、ずっとゲームをする毎日。

これでいいんだ。

目を瞑《つぶ》って耳をふさいで、ずっとこの狭い部屋の中にいれば……傷つかなくて済むから。

◇

「……ああ」

天井を見上げる雄斗の瞳から、涙が零《こぼ》れていた。

「くそっ……みじめだ……カッコ悪い……」

袖《そで》で涙を拭《ぬぐ》う。

「悔しいさ……ああ、悔しいよ……全部負けて、何もできなくて、悔しくないわけがないじゃないか……」

拭っても拭っても瞳の奥から熱いものが滲《にじ》んでくる。

雄斗はしばらくそのまま涙を流し続けた。

泣いて泣いて、泣き腫《は》らして。

泣き疲れて涙も乾いた後、先ほど投げ出したスマホを手に取って大坂にメッセージを送ったのだった。

◇

翌朝。

「……んで？　このアタシをこんな朝っぱらから、しかも貴重な冬休みに呼び出してなによ？」

雄斗は家から少し離れたグラウンドに大坂を呼び出していた。

朝が苦手な大坂は、露骨に不快そうな様子だった。

だが、今はそんなことを気にしていられない。

「兄貴に……勝ちたい」

雄斗は一言そう言った。

「ふーん」

大坂は意外そうな顔をする。

「でも、昨日力の差は思い知ったでしょう?」

「ああ、だから俺も力をつけるよ。ただどうすればいいか分からないから大坂さんに教えてもらいたい」

「……心意気は結構だけど、アタシに教わるってことは覚悟できてるんでしょうね?」

「分かってるよ。むしろ兄貴と同じくらいストイックな大坂さんじゃないとダメだ。じゃないと勝てっこない」

「凄《すご》くきついと思うわよ? それに結城が帰るまであと二週間無いでしょ? やっても勝てるかどうか」

「それでも!!」

雄斗は珍しく声を上げて言う。

「何もしないまま終わるのはもう嫌だ、俺だってちょっとくらいは自分を信じたい!!」

「……そう」

大坂は納得したように目を閉じて頷《うなず》く。

「分かったわ。心臓の方は、もういいのよね?」

「うん。手術は上手《うま》くいったって聞いてる。この前野球やった時も平気だったしね」

「はあ……仕方ないわねえ」

大坂は一つため息をついて言う。

「このアタシが直々に鍛えてあげるわ。泣いて喜びに打ち震えなさい!!」

非常に偉そうに腕を組んで大坂はそう言ったのだった。

◇

「いち、にい、さん、し、いち、にい、さん、し……はい、ほら!!　もっと声出してペース上げる!!」

「はあ……い、いち、にい、さん……し……」

そうして、さっそく始まった大坂とのトレーニング。

内容は声を出しながら大坂の走るペースについていくことだった。

しかし、これがまあ辛《つら》い。

「女子のアタシについてこられなくてどうするの!!」

「ひい、ひい……そんなこと……言われても……」

「ほら、号令もサボらない!!　声出しながら走るのは心肺機能の強化に結構いいのよ」

「は、はい……いち、にい……さ、さん……し!!」

そもそも確かに男子の方が身体能力が平均的に高いとはいえ、大坂は陸上で全国区の人間である。一方こちらは運動不足の引きこもりだ。

ついていくだけでも精一杯だ。声を出した拍子に朝ご飯を吐いてしまいそうである。

「ほら!! もっと声出す!! あの山の向こうまで届くように!!」

最初は不満そうにしていた大坂は、いざ始まってみるとノリノリだった。

◇

「……はい、終了」

雄斗の意識が飛びかける直前、ようやく大坂は立ち止まった。

「……ぜえ、ぜえ、げほっ、げほっ」

雄斗は立ち止まると同時にその場に膝《ひざ》をつく。

途中から何周したかも忘れたが、こんなに走ったのは生まれて初めてである。

「し、死ぬ。これ明日もやるの……?」

「そうね。これは毎日やるわ」

「ひぇ……」

雄斗の口から悲鳴のような声が漏れる。

「でも……そうだよな。これくらいやれなきゃ、話にならないよな……」

相手はあの兄だ。

「うん、泣き言は言ってられないよ……」

「分かってるじゃない。いい目してるわよ雄斗」

「大坂さん……」

考えてみれば大坂に初めて褒められた気がする。

（……なんだ、その……悪い気分じゃないな。こういうの）

よし、明日も頑張ろう。

そんなことを雄斗が思っていると。

「さて、アップも終わったし、いよいよトレーニングを始めるわよ」

大坂がそんなことを言いだした。

「……え？」

「……ん？　なによ間抜けな面して」

「え、いや、アップって」

「だから、ウォーミングアップよウォーミングアップ。準備運動。体温まったでしょ？」

「温まったどころか、燃焼しきった感じなんだけど……ええ、これで終わりじゃないの!?」

「はあ!?　アンタ馬鹿なの？」

大坂は心底呆《あき》れたという感じで言う。

「こんなお遊びみたいな量で終わりなわけないでしょ」

「そのお遊びで、もう膝ガクガクなんですが……」

「ガクガクしてるだけでまだ立ててるじゃない。つまり余裕ってことね」

「……ジーザス」

思わずキリスト教徒でも無いのに、神の子に祈ってしまった。

「そもそも、フィジカル強化のトレーニングなんてのはね、立てなくなるくらい追い込んでからがスタートなのよ。分かったらさっさと立つ!!　まずは体幹鍛えるわよ。ほら、腹筋二百回」

「回数おかしくない!?」

「慣れてきたら五百回よ」

「ふぁー!?」

雄斗の意味不明の叫び声が冬の空に響き渡った。

◇

そんなわけでまさしく地獄のトレーニングが始まった。

腹筋、背筋、スクワットの各種トレーニングを数百回（当然続けてできるわけがないので、最終的には一回ずつ死にそうになりながらやった）。

河川敷に移動して、大きな石を色んな姿勢で色んな方向にとにかく投げまくる。これも数百回。

すでにこの時点で何度か気を失いかけたが、当然大坂は一切容赦しない。

何時間かかろうと、休み休みの一回ずつだろうと最後までやらせるのだ。早朝から始めたのに一通り終わる頃には日が沈みかけていた。

ありがたすぎて涙が出る。頼むからもうちょっと妥協して欲しい。

そして、場所を移動して神社に向かう。

長い階段のある神社である。よく運動部の生徒が、階段を走りこんでトレーニングをしているのを引きこもる前に見かけた。

当然大坂もトレーニングのために雄斗をここに連れて来たわけだが。

「ほら、もっとリズムよく手を動かす!!」

雄斗はこの長い石階段を、手だけで上らされていた。

足は大坂の持ってきたゴムチューブでグルグル巻きにされている。

「間違ってる……絶対に、階段の使い方を間違ってる……!!」

「安心しなさい。ちゃんと締めに階段ダッシュするから」

「知りたくなかったわ!!　そんな嫌な情報!!」

そして、案の定半分も上らないうちに。

「……ダメだ、手がもう動かない」

腕がプルプルと震えて止まってしまう。

細身で体は軽いとはいえ、自分の体を腕の力だけで運ぶ体力など今の雄斗にあろうはずもない。

しかし、やはり大坂は容赦をしない。

「なら、そのまま休んで動くようになったら上りなさい。一段ずつでもいいから。妥協は許さないわ。やり切りなさい。やり切ることで体だけじゃなくて心にも筋力がつくのよ。ヘタレのアンタにはそっちも同じくらい大事よ」

「くそおおおおおおおおおお!!　脳筋女めえええええええええ!!」

「誰が脳筋よ‼　この引きこもりクソ陰キャ」

げしっ、と階段を上っている雄斗を大坂は容赦なく蹴《け》り飛ばす。

「あぼば⁉」

当然雄斗にそれを堪える力など残っているはずもなく、無様に倒れる。

「アタシは期末テスト学年一位だっつの‼　もうちょいマシになってからモノを言いなさいこのド底辺」

トレーニングも罵倒《ばとう》も本当に容赦の無い大坂だった。

◇

トレーニングの締めは、全力での階段ダッシュである。

「……ほひゅー、ほひゅー」

階段を上る雄斗は完全に満身創痍《まんしんそうい》。もはやまともな呼吸になっていなかった。

ノロノロと一段ずつ階段を上り切ると、そのまま無言で地面に倒れこむ。

「ふん……これじゃダッシュじゃなくて、ウォーキングね」

上がったところで待っていた大坂は、呆れたようにそう言った。

「……」

その言葉にリアクションする元気も無い雄斗は黙って地面に倒れている。

「ほら、いつまで寝てんの。整理体操するわよ」

「……ぐぇ」

大坂に引きずり起こされて、カエルが潰《つぶ》れたような声を上げる雄斗。

（……そうか、終わったのか）

ようやく実感が湧いてきた。

それにしても地獄だった。

「はい、足開いて。後ろから押すから」

「うん……あでででで!!」

「無駄に堪えないの、ゆっくり息吐いて!! 柔軟性は筋力と同じくらい大事よ。特にアンタは引きこもって固まり散らかしてるんだから」

「千切れる、千切れる!!」

「そう言って千切れたやつはいないわ」

「鬼か!!」

「美少女よ。ほら、姿勢的に美少女のオッパイ押し付けてもらってるじゃない。『むひょー最高だぜ!!』とか喜んで痛みを忘れなさい」

「無理言うな!!　あだだだだだだだだだだだ」

そして運動後の整理体操という名の、体中のありとあらゆる関節をバッチバチに広げられる拷問が終わり、今度こそ本当に今日のトレーニングは終わりとなった。

（……死ぬ……これ死んじゃう）

雄斗は石畳の上で、うずくまりながらそんなことを思った。

もう指一本動かせない。

というか、早朝から始めたのにもうすっかり夜である。

本当に一日中トレーニングをしていたのだ。

「明日はアタシ朝から部活だから。自分でやっておきなさい」

「……ええ!!　これ明日もやるの!?」

雄斗は地面に突っ伏したまま大坂の方になんとか顔だけ動かす。

「もちろんよ」

「無理無理、無理だって。そもそも、トレーニングしたらちゃんと休まないと逆効果ってどこかで聞いたぞ!!」

「はあ、これだからヘタレは。自分が楽できる情報ばっかりよく集めるんだから」

大坂はやれやれと肩をすくめる。

そして真剣なトーンになって言う。

「……オーバーワークがいるのよ。アンタみたいなやつが短い期間で強くなろうと思ったら」

大坂は自分の分のストレッチをしながら話を続ける。

「人間の体は今の環境に適応するようにできてるの。アンタの体は一年間引きこもって全然動かない生活に適応する『楽をする体』になってるわ。だから、逆に過酷な環境に慣れさせないといけないのよ。あえて無茶《むちゃ》をしてね」

「……」

「それなのに二日目から楽なことしたら『楽をする体』でいいんだって体が思っちゃうでしょ。だから、追い込みなさい自分を。体が『戦う体』にならないと死ぬって思い込むくらいに」

（……意外とちゃんと考えてるんだな）

雄斗はそんなことを思った。

大坂には「とにかく頑張ればいい」という力任せなイメージがあったのだ。

まあ考えてみれば、先ほど階段を手で上っているときも言っていたように、定期試験で学年一位をとっているわけだから馬鹿なわけがないのだが。

「……さて、もうすっかり夜だし、帰るわ」

大坂はそう言って一人で神社を去ろうとする。

「あ、ちょっと待って」

「何よ？」

雄斗はその背中に向かって言う。

「……か、肩貸して。立ち上がれなくて」

完全に疲労しきった雄斗の足は、立とうとしてもプルプルと震えて起き上がれなかった。

「……」

こちらを見る大坂の目が「めんどくせえ」と言っていた。

そして大坂は、茂みの中にごそごそと入っていくと。

「ああ、あったあった。はい」

太くて長い木の枝を拾ってきて、雄斗に手渡した。

「え？」

「杖《つえ》代わりになるでしょ。じゃねー」

「ちょ、ええ‼」

「辛《つら》くなったら誰かがきっと優しくしてくれるだろう、なんて考えは捨てなさい」

大坂はそう言ってスタスタと神社を去って行った。

その背中を呆然《ぼうぜん》と見送る雄斗。

しかし、このままここに居続ければ風邪を引いてしまう。

「……うう、鬼、悪魔」

雄斗は木の枝を使って何とか立ち上がると、生まれたての子鹿のごとき歩みでノロノロと帰宅したのだった。

◇

何とか無事帰宅した雄斗は、ボロボロの状態を麻子《あさこ》や結城や小鳥に見られるのがなんとなく嫌だったので、こっそりとシャワーを浴びて風呂《ふろ》に入って台所から作り置きのご飯を部屋に持って行って食べる。

そして食事を終えると、そのまますぐに布団に寝転がった。

「……つ、疲れた。ほんとに」

体の芯《しん》から絞り出すようにそう言った。

「てか……明日もあれやるのか……」

凄《すさ》まじく憂鬱《ゆううつ》な気分になる。

嫌々ながらスマホのアラームを今日の朝と同じ時間にセットする。

「はあ……」

ため息をついて、布団の中で手足を投げ出す。

まるで布団に疲労が溶け込んでいくように体が休まるのを感じる。

……そして、そのまま泥のように深い眠りについたのだった。

◇

「いってえええええええええええええええええええええええええ！！！」

翌朝。

雄斗は目覚ましが鳴る前に、筋肉痛の痛みで目を覚ました。

ヤバい、これはヤバい。

もちろん昨日の朝もその前の朝も久しぶりの運動で筋肉痛にはなっていたが、今回は桁《けた》が違った。

頭の先からつま先まで、全身余すところなく痛い。

「あ、でも……今日もトレーニングやらないと……あだだだだだだだだ!!」

起き上がろうとしたが、その瞬間全身に痛みが走りゴロゴロと床を転がる。

(……し、死ぬ。これ無理に動かしたら死ぬんじゃないか?)

ダメだこれは。

さすがに今日は休もう。今日は大坂もいないし、一人でやっても効率がよくないから丁度いい。

そう思ってズルズルと体を引きずって布団に戻ろうとしたとき。

ガラッ!!

と、部屋の扉が開いた。

「おい、なんか凄い音と悲鳴が聞こえたけど大丈夫か!?」

慌てた様子で駆け付けたのは兄だった。

「あ、いや、大丈夫だよ兄貴。ちょっと筋肉痛で……」

「なんだ、そうか……」

結城はほっと一息つく。

普段ではあまり見ない凄《すご》く慌てた様子だったが、兄がそうなってしまう理由も分かる。

父親の勇次郎《ゆうじろう》は農作業をしているときに突然倒れてそのまま帰らぬ人となった。父親が倒れているのを最初に発見したのは結城である。

きっと、その時のことを思い出したんだろう。

「しかし、筋肉痛かあ。二日前に動いた分が今日出てくるとか中年みたいだな」

「……そうだね」

結城には、というか家族には大坂とトレーニングしていることは秘密にしてある。

「あれだ、あんまり無理はするなよ」

兄は優しい声でそんなことを言ってきた。

「……」

雄斗はその言葉を聞いて思う。

（……無理するな、か）

心臓の病気が見つかってからよく言われてきた言葉だ。

何度も何度も言われてきた言葉だ。

「……兄貴はさ」

「ん？」

「無理するタイプでしょ？」

「まあ、否定はできないなあ。小鳥にもよく言われるし」

結城は頭を掻《か》きながら言う。

「……でも、俺のマネする必要は無いと思うぞ。人それぞれその人に合ったペースってあると思うからな」

そして結城は踵《きびす》を返すと。

「とりあえず大事無いみたいでよかったよ。今日はゆっくり休むといい」

お邪魔したな、と言い残して結城は部屋を出て行った。

「……俺の真似をする必要は無い……その人に合ったペース……か」

雄斗は一人、先ほど結城の言った言葉を呟《つぶや》いた。

「なんだよそれ」

ギュッと拳《こぶし》を握りしめる。

「自分は無理してどんどん凄くなる癖に……」

もちろん兄がそんな考えで言ったわけではなく、雄斗の体を心配して言ったのは分かっている。

でも、そういう言葉が出るくらい、自分が弱いと思われていることは間違いないのだ。

「……」

雄斗は膝《ひざ》に手をついて立ち上がる。

ミシミシと全身の筋肉が痛む。

「ぐぅ……」

痛い。マジで痛い。

「……意地があるんだよ、男の子には」

そして雄斗はギシギシと軋《きし》みを上げる体を引きずりながらトレーニングの準備を始めるのだった。

◇

そうして、雄斗は一人トレーニングを開始した。

真冬の早朝の寒い中。

大坂から送られたメッセージには、昨日やったトレーニングのメニューが書かれている。

「はあ……はあ……い、いち、にい、さん、し!!」

声を上げて走る。

しかし、全身筋肉痛で、昨日の大坂と走ったペースとは比較にならないほど遅い。

雄斗なりに必死で体を動かそうとしているがダメだった。ノロノロと歩くような速さで、少し気合の入った亀なら追い抜かせるんじゃないかというペースである。

(……ああ、痛い、動かない……意味あるのかな、こんなにゆっくり走って)

そんな思いが頭をグルグルとする。

そして全身筋肉痛で痛い。

ついでに言うなら昨日声を張り上げすぎて喉《のど》も痛いので、声を上げるのが辛い。

痛い、辛い、痛い、辛い。

(そうだ。いっそ歩いちゃおうかな……そもそもこれアップだって話だしさ。ちょっと、楽に走るくらいが……)

そう思って声を出すのを止めて足を緩めた時。

『ん？　ああ……雄斗か。そのなんだ、無理はするなよ』

記憶の奥から響いてきたのは父親の言葉。

『結城!!　なに無茶《むちゃ》なことをやってるんだお前は!!　おい誰か保健の先生呼んで来い!!』

これは教師の言葉。

そして。

『……でも、俺のマネする必要は無いと思うぞ。人それぞれその人に合ったペースってあると思うからな』

　これは、今日聞いた兄の言葉。

「……けるな」

　雄斗の口から言葉が漏れる。

　そして、再び走り出した。

　大きく手を振って、そして大声で叫ぶ。

「ふざけるなああああああああああああああ!!　どいつもこいつもおおおおおお!!」

　雄斗はそのまま、言葉になっていないような喚《わめ》き声を上げて走り続けた。

「俺だってやればできるんだあああああああああああ!!」

　もちろん足を緩めることなく。

　寒空に雄斗の声は響き続けた。

◇

　アップという名の声だし持久走が終われば、次は腹筋背筋などの各種体幹トレーニング。

昨日と同じ百〜数百回というノルマだが、当然昨日よりも筋肉痛と疲労で動かせるわけがない。

それでも雄斗は一回ずつでも、どれだけ時間がかかってもやり抜いた。

その後の石投げも、休み休みながらしっかり数百回投げた。

そして昨日よりも遅いすっかり日の沈み切った時間にようやく神社にたどり着いた。

「……はあ……はあ」

すでに意識はもうろうとしている。

それでも雄斗は足にゴムを巻きつけて、階段を上り始める。

当たり前のように数段上ったところで崩れ落ちる。

「……うう」

それでも、進む。

這《は》うように一段ずつ。

もはや腕だけというよりは、動きを封じている足以外は全身を使ってまるで芋虫のような進み方だが、それでも進む。

「やり切るんだ……とにかく、何がなんでも……」

……そして。

「……くっ、ああ‼」

ようやく雄斗は階段を上り切った。

正直、気が付いたら上り切っていたという感じだった。途中どう上ったのか覚えていない、意識を失っていたのかも。

「……逃げなかったのね」

神社には高校のウインドブレーカーを着込んだ大坂がいた。

少し髪が汗で濡れている。

さすがに部活はとっくに終わっている時間だろうから、大坂もこの時間まで自主練習をしていたのかもしれない。

「……逃げなかったって……もしかしたら、途中のメニューやってないかもしれないよ？」

「馬鹿ね。ちゃんとやったかどうかくらい、目を見りゃ分かるわよ。今のアンタは卑屈な目をしてないわ、今までと違ってね」

「……」

「ぶっちゃけ、かなり無茶なメニューやらせてる自覚もあったから、九割くらいは投げ出すと思ってたんだけどね」

「……はは、舐《な》めないで欲しいね」

雄斗は地面に倒れたまま、大坂に向かってサムズアップする。

何とも決まらないなと自分でも思うが、今は手首の先くらいしか動かないのだ。

いやもう、ホントに動かない。

大坂が来なかったらここで動けずに凍死していたんではなかろうか。あ、いや、スマホ持ってるから誰かに迎えに来てもらえばいいか……。

「そうね、見直しかけたわ」

「かけたって……見直したわけじゃないんだ……」

「それは結城のやつに勝ってからよ……さて」

大坂は雄斗の方に歩み寄ると手を差し出す。

「その様子じゃ、ホントに体動かないでしょ？　昨日までの動かないフリと違って。超大まけにまけて、最後のダッシュは免除してあげる。ストレッチするわよ」

差し出された大坂の手。

普段から鍛えているからか傷も多いが、それでもちゃんと女の子らしい小さくて柔らかそうな手だ。

雄斗の方を見る表情も、たぶん気のせいなんだろうけど普段より優しい感じがする。

（……でも）

雄斗はその手に自分の手を伸ばさなかった。

代わりに地面に手をつく。

「……はは、言ったじゃん。侮らないで欲しいってさ」

そうしてプルプルと痙攣《けいれん》する体を無理やり起こして立ち上がった。

驚いて目を見開く大坂。

その表情は、普通の女の子っぽくて雄斗から見ても可愛らしいなと思った。

「ぐっ……あっ……」

立ち上がったはいいが、雄斗はすぐに膝に手をつく。

ほんとにもう、立っているだけでキツイ。

……でも。

「……じゃあ、最後の階段ダッシュ……行ってくるよ……」

「……ふーん」

大坂は少し頬を緩めると、黙って頷《うなず》いた。

そう、黙って頷いたのだ。

雄斗は手すりを使って、ノロノロと階段を下まで降りる。

正直これだけでも凄《すさ》まじい重労働だ。

そして、振り返って。
「……よし!!」
階段を駆け上がる!!
勇ましく一歩目を踏み出した雄斗……だったが。
「うぐぅ……」
当然、そのまま駆け上がれるはずもない。
すぐに足は動かなくなる。
それでも……。
「……ぐっ、おお」
雄斗は進む。
一歩一歩、踏みしめるように。
(痛い、苦しい、辛《つら》い……)
正直、一瞬で後悔した。
なに調子に乗って階段ダッシュやり始めてるんだよ数秒前の自分。
素直にあのままストレッチに行けばよかったじゃないか。
そう思った途端。

あの感覚がやってきた。
ギューッ、という胸の痛み。
心臓がエラーを起こした痛み。
（……ああ、これはダメだ。これ来たらさすがにダメだ）
そんな考えが頭を完全に支配した。
そして助けを求めるように上を向く。
すると。
「……」
大坂はやはり黙ってこちらを見ていた。
さっきと変わらず、ただ黙って。
（……ああ、うん）
分かってた。
実は分かってる。
この痛みは……気のせいだ。
心臓の病気は完治してる。
この痛みはたぶん自分の弱い心だ。

楽をしたい、もう頑張りたくない、もしこれだけやって負けたらどうするんだ？　傷つくだろ？

そんな弱い心が、ありもしない痛みを作っているんだ。

（そうだよ……俺はずっと……）

ずっと、これに甘えてきた。

もう治っている病気に、試験勉強には関係ない病気に、同級生と上手《うま》くやれないことと関係ない病気に、学校に行きたくなくなったこととは関係ない病気に。

ホントは全然関係ないんだ。

運動はまだしも、他のことはこの病気と関係ない。

ただ自分の心が弱かったから。

痛くなくて苦労をしなくて済む理由を探していたから。

心臓病を便利に使っていただけなんだ。

自分自身の弱い心が!!

だけど、もう関係ない。

だってもう治ってるんだから。

「……ああ」

大坂は、さっき最後のダッシュに向かう時、黙って見送ってくれた。

無理をするなとか……そういうことを一切言わずに。

……嬉《うれ》しかったな。

「ぐっ、あああ!!」

雄斗の足が階段を強く蹴《け》る。

手足の感覚が完全にマヒしているが、むしろ好都合である。

痛くないから思いっきり動かせる。

駆け上がる。

ギューーッ、と痛い心臓。

立ち止まりそうになるが。

（……嘘をつくな）

お前はもう治ってるだろ。

もういい。

もう、俺はお前に守ってもらいたくなんかない!!

「あああああああああああああああああああああ!!」

叫びと共に、最後の一段を駆け上がった。

再び倒れこんで神社の石畳を転がる。

「はあ……はあ……どうだ、この……やり切ったぞ……」

そして、大坂は。

「いいじゃない雄斗。少しだけ、ほんと原子の直径くらいだけど見直したわよ」

そう言って先ほど雄斗がしたように、笑顔でこちらに向けてサムズアップしたのだった。

「……ホントに少しだなあ」

「ちゃんと見直されたかったら、勝ちなさいよ」

「そうだね……勝つよ……」

雄斗はそう言って仰向《あおむ》けのまま、綺麗《きれい》な夜の星空を見上げるのだった。

第四話　祐介と雄斗2

十日後。

「はあ……はあ……はあ……」

雄斗《ゆうと》は神社の階段を駆け上がっていた。

「……っ、し!!」

最後の一段を上り切る。

上ったところに待っていたのは大坂《おおさか》だった。

「初めて最後まで歩かずに上り切れたわね。それに……この時間に終わるようになったわ」

大坂は遠くの空を見ながら言う。

日は今まさに沈もうかというところだった。

初日には完全に夜になっていたのを考えると十分すぎるほどの進歩である。

「まあ、これで最低限戦えるだけの体力はついたわね。どう？　自分の成長が客観的に分かる気分は？」

「……」

「ん？」

「オロロロロロロロロロロ‼」

雄斗は盛大に吐しゃ物を地面にぶちまけた。

「うわ」

大坂が眉《まゆ》をひそめる。

（……くそぉ、やっぱりキツイもんはキツイ）

確かに体は慣れてきたし体力もついた感覚はあるが、それはそれとして毎回死にそうなことは変わりなかった。

「まあ、土のところまで行って吐いたのは偉いわ。石畳の上だと処理が大変だし」

大坂は雄斗の吐き出したものに、上から砂を被《かぶ》せながら言う。

「……いよいよ明後日ね」

「ああ」

結城《ゆうき》たちは三日後に帰ることになっている。

だから、勝負は明後日。

「明日はトレーニングは無し、しっかり休みなさい」

大坂はそう言った。

「あ、そうなんだ。てっきり本番前日だろうと関係ないとか言うのかと」

「馬鹿ねアンタ。アタシは別に休みが必要ないなんて言ってないわよ。ただ例の技術練習はやるわよ。全体は体が固まってよくないわ」

「……」

「なによ、黙ってアタシのこと見つめて。もしかして惚《ほ》れたのかしら？　ごめんなさいね。アタシは自分と同格の人間としか付き合う気は無いのよ」

「……いや、そうじゃなくて」

なぜか告白してもいないのにフラれた。

「貴重な冬休みに付き合ってくれてありがとう……」

雄斗はそう言って素直に頭を下げた。

「なによ、改まって。気持ち悪いわね」

「大坂さんが忙しくしてること分かってるつもりだからさ。部活も勉強も、学校の生徒会活動も。そんな中で俺なんかのために時間を作ってくれた。その大変さは分かってるつもりだよ。だから……ありがとう……」

そしてもう一度、深く深く頭を下げる。

「……」

大坂は驚いた様子で、目を丸くして雄斗の方をしばらく見ていたが。

「……ふん。まあ分かってればいいのよ分かってれば」

相変わらず偉そうに腕を組んでそう言った。

「それから……」

大坂はこちらに向けて指を立てて言う。

「『俺なんか』っての、それ禁止ね。アンタは今まで周りに愚図《ぐず》だの無能だの底辺だのと言われてきたんでしょうけど」

「その筆頭は大坂さんだけどね」

「それは他人から見た客観的な事実よ!!　でもね……自分自身がそう思ってちゃダメなのよ」

大坂は雄斗の方に歩み寄ると、その胸をトンと拳《こぶし》で叩《たた》く。

「アンタだけは、アンタのことを『自分は凄いやつだ』って思ってなさい。頑張った分、昨日の自分より成長した分、そう思っていいんだから」

「……」

「さて、ほら、ストレッチするわよ」

「……」

「なにぼさっと立ってるのよ」

「大坂さんって」

「なに？」

「ホントに素敵な女の子なんだな」

「な、何よ急に」

「いや、うん、ホント。素直にそう思ったんだ」

「……ふ、ふん。あっそ。ほらそんなことといいから、早く脚広げて座る」

そう言った大坂は少しだけ顔が赤かった気がしたが、たぶん気のせいだろうなと思う雄斗だった。

◇

そして決戦の日がやってきた。

「いやあ、雄斗の方からまた野球しようって言ってくるとは思わなかったよ」

早朝からだというのに、結城は相変わらず嬉《うれ》しそうにそんなことを言った。

「小鳥《ことり》も誘おうと思ったんだけど、今日は母さんとどっか行く約束してたみたいでさ。あ、知ってるか？　小鳥のやつああ見えてボール投げるのはかなり上手《うま》いんだぞ」

「……知ってるよ」

雄斗は小さくそう言った。

「今日もこの前と同じ、攻守三回ずつのルールでいいのか？」

「ちょっと違うわ」

結城の言葉に答えたのは雄斗ではなく、今日もキャッチャー役を務める大坂だった。

「今回は木製バットを使いましょう。金属だと打撃側が有利過ぎるし」

「……ん？　お互い打ちやすくなるんだから同じじゃないのか？　まあいいけども」

結城はそう言うと、大坂が持ってきた木製のバットに持ち替えて打席に立つ。

「じゃあ、プレイボールね」

大坂はマスクを被ると、捕球の姿勢を取った。

雄斗もプレートに足をかける。

「……」

大坂がマスク越しにこちらを見ていた。

その目が「見せてやりなさい」と言っていた。

(……ああ、そうだな見せてやろう)

雄斗は大きく振りかぶる。

そして片足を上げる。

片足を上げても雄斗の体はブレない。十日前はこの時点でフラフラしていたのだが、今はしっかりと下半身が支えている。

そして、そのままスムーズに体重移動し、この十日間いじめにいじめ抜いた体幹の回転でボールをリリースする。

「……!!」

雄斗の手から放たれたボールは、前よりも二回り以上のキレと伸びをもって大坂のミットに突き刺さった。

コースはど真ん中高め。コースだけ見れば最も遠くに飛ばしやすい絶好球である。

「……」

しかし結城はバットを振ることができなかった。

「驚いたな雄斗……全然この前と球が違うじゃないか」

「驚かせられたなら本望だよ」

雄斗はそう言ってニヤリと笑った。

「ワンストライクね」

大坂はそう言いながら雄斗にボールを投げ返す。

雄斗はマウンドの地面を均《なら》しつつ、そのボールをグラブで取った。

(……よし、計算通りだ)

事前に大坂と考えた作戦が、見事にハマっている。

(兄貴は、前の球のイメージが残ってる)

確かに雄斗の球は前に比べて断然速くなった。

それは間違いないのだが、それでもメチャクチャに速い球を投げているかと言えばそんなことは無い。良くてバッティングセンターの中速の球に毛が生えたようなモノである。

要は結城が打てない球ではないのだ。

しかし、おそらく少しの間は結城は打てないだろう。

なぜなら十二日前に結城は雄斗の「速くなる前」の球を何球も打っているからである。

雄斗のフォームと投げられるボールの軌道にタイミングを何度も合わせてバットを振っている。結城の目と脳にはそのボールの軌道が焼き付いていることだろう。

だからこそ、結城は打てない。

今の雄斗の球は確かに剛速球とは言い難いが、前の雄斗の球と同じタイミングで振ってヒットにできるほど遅くはないのである。

もっとも、これは時間の問題だ。

結城ならそう遅くない内に、タイミングを合わせてくるだろう。

「……だから」

雄斗は間を置かずに、再び振りかぶる。

(考える時間はなるべく与えないっ!!)

投げる。

今度もコースはど真ん中の甘いところ。

しかし。

「……おっと」

結城は少しバットを動かしただけでスイングしなかった。

「ツーストライク!!」

大坂がそう言って、再び雄斗にボールを返す。

完全にタイミングが合っていなかった。

(……よし)

雄斗は再び間を置かずにすぐに投球モーションに入る。

「!!」

慌てて構える結城。

雄斗の投げた三球目はインコースギリギリのところへ。

まだコースを狙うコントロールまでは無い雄斗は、基本的にど真ん中に投げるつもりで毎回投げている。

インコースギリギリのいいコースに行ったのはたまたまだ。

だが、ベストな偶然である。

インコースというのは外よりも、バットの芯《しん》を持ってくるまでに時間がかかる。

しかも今回、結城は感覚の短い投球で構え遅れている。

さらに、まだ雄斗の球にタイミングが合っていないとなれば、今回はもらったも同然である。

しかし。

ギュン!!

と結城の体が鋭く回転した。

「!?」

雄斗が目を見開く。

結城の体に木製バットが巻き付くように回転し、先端がインコースの球を捉《とら》える。

ボン!!

と軟式ボールを木製バットが叩く音が響いた。

「あー!!」

悔しそうに響いたその声は。

「やべ。振り遅れだ」

結城の声だった。

結城は天を見上げる。

そこには真上に打ち上げられたボール。

大坂は難なく、そのボールをキャッチする。

「はい、ワンアウト」

フライを取った時点でアウトなのだが、大坂はあえて結城の体にタッチする。

「はいはい。分かってますよ。あーくそ、やられたなあ、しかし」

結城はそう言うと、バッターボックスから出てこちらの方に歩いてくる。

雄斗は内心ヒヤリとする。

ろう。

（……危なかった）

金属よりも重い木製バットでなければ、下手をするとホームランを打たれていたことだ
（……おかしい）

そして雄斗は一つの違和感を覚えた。

「それにしても、ホントに驚いたよ雄斗。今日までもしかして練習してたの？」

そんなことを考えているうちに、結城が目の前まで来ていた。

「……あ、ああ」

「そうかあ」

結城はしみじみとした感じで言う。

「これは油断してられないなあ。よし、攻守交代だ」

結城はそう言って木製のバットを雄斗に渡す。

「……」

雄斗は黙ってバットを受け取り、代わりにボールとグラブを結城に渡す。

受け取ったバットで素振りをしてみる。

ブン!!　ブン!!

と空気を切る音がする。

「おお、スイングも大分速くなってるじゃん」

結城が感心したようにそんなことを言ってくる。

トレーニングメニューの合間に、毎日バットを振っていたのだから当然である。

（……やっぱり、ちゃんと金属より重い木製バットだ）

雄斗は手に伝わってくる重みを感じてそう思った。

だとしたら、やっぱりさっきのは変だ。

（なんで、兄貴はあのインコースの球を打てたんだ？）

十二日前に見た兄の動きでは、このバットであのタイミングであんなギリギリのインコースの球に間に合うはずが無いのである。

明らかに動きのキレが増しているのだ。

「よーし、いくぞー」

雄斗がバッターボックスに入ると、結城は投球モーションに入る。

そして。

ビッ!!

と、ボールを指ではじく音が聞こえた気がした。

放たれたボールは惚《ほ》れ惚《ぼ》れするくらい綺麗《きれい》な回転とキレで、真っすぐにアウトコース低めのストライクゾーンギリギリに。

バシン!!

という音を立てて突き刺さった。

「……!!」

雄斗は全く反応することができなかった。

そして驚愕《きょうがく》の事実に冷たい汗が流れる。

(は、速くなってる……)

「はっはっはっ!!　どうだ驚いたか」

結城は楽しそうに笑う。

「実はバイトなくて暇な分、勉強の合間に俺もちょっと練習したんだよ。懐かしくなっちゃってさ」

「……っ」

そうだ。

そうだった。

兄は、結城祐介《ゆうすけ》は呼吸をするように努力する男だ。

どうせ「ちょっと」とか言いつつ、かなりハードな練習をしたんだろう。

「……クソ、暇なら少しはだらけろよ、変態め……」

だが考えてみれば当然のことだ。

自分が頑張っているからって、相手がそのまま停滞してくれる理由なんてどこにも無いじゃないか。

「さあ、二球目行くぞー」

結城が再び投球モーションに入る。

「くっ!! 来い!!」

それでも、怯《ひる》んではいられない。

確かに結城も練習をしたのだろうが、少なくともこの十日間は間違いなく自分の方が努力したのだ。

だが。

「ぐっ!!」

結城の球は先ほどと同じ、完璧《かんぺき》なコントロールと軌道でアウトローに突き刺さる。

雄斗はバットを振ることもできない。

(なんてコントロールだ……)

アウトローというコースは体からバットが離れるために、最も打ちにくいコースとされる。また顔からの距離も遠いため、ストライクとボールの判断も難しい。

そこに機械のように正確にキレのあるストレートを投げ込んでくるのだ。

球速自体はもちろん速いことには速いし、素人同然の雄斗からすれば勘弁してほしいレベルなのだが、１５０キロを超えるような超剛速球というわけでは決してない。

だが、このコントロールは……兄が幼い頃から父親と二人三脚で作り上げてきたそれは、プロ野球選手でもなかなかいないレベルのモノである。

大坂から返球されたボールを結城は受け取り、再び投球モーションに入る。

三球目。

「……それでも、なんとか」

ぐっ、と木製バットを握りしめる雄斗。

「よっと」

そこに投げ込まれたのは、ゆるーいカーブだった。

「!!」

ストレートのことしか頭に無かった雄斗は、もう間に合わない。

思い切り空振りし、その後にボールはゆっくりと大坂のミットに吸い込まれていった。

「ははは、見事にハマったな」

結城はいたずらが成功した子供のような笑顔でマウンドの上からそう言った。

（……違い過ぎる、持ってる武器も経験して来た場数も）

この十日間、雄斗は努力した。

間違いなくそれで強くなったし上手《うま》くなった。

兄よりも間違いなく努力しただろう。兄は勉強の合間にやって、雄斗は一日中やっていたのだから。

だがそれがどうしたと言うんだ。

だって、兄は雄斗がこの十日間やってきたような努力を、物心ついた時からずっとずっと十年近くやってきたのだから。

だからそう、当たり前に。

実力差は圧倒的なままなのだ。

◇

「よしよし、これでまだ0対0だな」

打ちひしがれる雄斗に対して、やはり楽し気な結城。

バットとグラブを交換して再び攻守交替。

結城がバッターボックスに立つ。

「よし、次は打つぞ」

口調は明るく軽い感じだが、その構えは堂々としていて自信に満ち溢《あふ》れていて、改めてマウンドから見ると「見るからに打ちそう」といった感じだった。

「……」

雄斗はそんな結城の姿を黙って見つめる。

（ああ、羨《うらや》ましいなあ。兄貴は）

努力家で、自信に満ち溢れていて、色々なものを持ってて。

（……ホントに小さい頃はさ、俺もアンタと同じくらいできるようになると無邪気に思い込んでたよ）

でも、兄は自分とは違う。

同じ血を引いてるからって、同じ能力なわけじゃない。

同じ環境で育ったからって、同じ育ち方をするわけじゃない。

兄弟なのに兄は何百歩も何万歩も、見えないくらい遥《はる》か先を行っている。

だからこれは、初めから無謀な挑戦なのだ。

そのことを打席に立つ結城を見て改めて思い知った。

「……俺は、兄貴には」

雄斗の体から力が抜け、持っていたボールが手から落ちた。

「あっ」

雄斗がそのボールを拾おうとしたとき。

「タイム!!」

そう叫んだのはキャッチャーをやっている大坂だった。

「ん？　なんだ、サインの確認か？」

結城は構えを解いてバッターボックスから出た。

その間に大坂はマスクを外して、ゆっくりとこちらに向かって歩いてくる。

大坂は先ほど雄斗が落としたボールを拾うと。

「勝負の最中なのに、しけた面してるわね」

いつも通りの偉そうな口調でそう言ってきた。

「……ごめん」

「なにに謝ってるのよ」

肩をすくめる大坂。

「大坂さん……兄貴はやっぱり凄《すご》いね……」

雄斗の言葉に大坂は。

「……」

黙ってグラブにさっき拾ったボールを入れると。

「頑張れ雄斗。アンタはやれる」

一言そう言って、ホームベースの方に戻っていった。

「……ああ」

雄斗はその背中を見て思う。

（いつ以来だろう……『頑張れ』なんて言われるのは）

大坂はきっとまだ、俺ならやれると思ってくれている。

「なんだよ、カッコ悪いとこ見せられないじゃん」

そうだ。

何を今更相手がちょっと想像よりも強かったくらいで怖気《おじけ》づいてるんだ。

無謀な挑戦なんて初めから百も承知。それでも、勝ちたいと思ったのだから。

ただ最後までやり抜く。

それだけだろ、今の結城雄斗にできるのは!!

(……意地があるんだ男の子には)

「ふー!!」

雄斗は目を瞑《つぶ》って大きく息を吐いた。

「……よし」

気合を入れ直して真っすぐにキャッチャーの方を見つめる。

大坂が「それでいい」といった感じに小さく頷《うなず》く。

そして、指を小さく二本立てた。

「……!!」

それを見て雄斗は一瞬驚いたが。

(まあ、そうだな。やるしかないよな)

雄斗は大きく振りかぶる。

(行くぞ兄貴。これがアンタを倒す秘策だ!!)

◇

八日前。

「分かってると思うけど、普通にやったら勝ち目は薄いわ」

大坂は通っている高校のグラウンドに雄斗を呼び出してそう言った。

「……やっぱりそうだよね」

雄斗はため息をつきながらそう言った。

こうして死ぬ思いでトレーニングをしても、所詮《しょせん》は十日間の付け焼き刃である。

「だから、少しでもこっちが勝つ可能性を上げるわ。まずはアタシが提案して、使うバットを金属から木製に替える」

大坂は運動部共用の倉庫から、木製バットを一本取り出す。

「なんで木製バットに？」

「それは、金属だと結城のやつを抑えるのが無理ゲーになるからよ。金属は軽いだけじゃなくてバットの芯《しん》が倍近く広いからね」

「ああ、なるほど」

バットの芯とは、当てた時に一番ボールの飛ぶ場所のことである。

木製バットと金属製バットでは全然その大きさが違う。

「それだけじゃなくて、金属は芯を外してもヒット性の強い当たりが飛ぶことが多いわ。もちろん、バットに当てさせもしない球が投げられれば問題ないけど……まあ、無理ね。ストレートにメチャクチャ強いアイツを空振りさせる球をこの十日間でアンタが投げるのは」

「……やっぱり無理かな？」

「前に聞いたけど、結城のやつは小学校二年の頃からほとんど毎日バッティングセンターで150キロの球を、打席から二歩前に出て打つ練習してたらしいからね。打てるようになったのは、さすがに高学年になってかららしいけど」

いや、小学生のうちに打てたんかい。

と思わず突っ込んでしまう。

「だから、木製バットでやってもらうわ。バットに当たってもヒットになりにくい木製でね」

「なるほど……」

「これで最初の打席くらいは前のアンタの球との球速差でなんとかなるでしょ」

「問題はその後どうするかだね」

雄斗の言葉に頷く大坂。

「その秘策がこれ」

大坂は手に持っていたボールを握ってみせた。

その握りは普通のストレートの握り方とほとんど同じだったが、少しだけ違っていた。ボールを上から支える人差し指と中指の幅が少し広いのである。そして二本ともボールの縫い目に沿うようにかかっている。

「現代の魔球『ツーシーム』よ」

「『ツーシーム』……？」

野球にあまり詳しくない雄斗は首を傾げた。

「まあ、物凄《ものすご》く雑に言うと、普段のストレートとちょっと違う握りで同じように思いっきり投げると少しだけボールが変化するのよ。やってみなさい」

雄斗は大坂からボールを受け取って壁当てのデキる壁の前に立つ。

「……えっと、指を開いて縫い目にかけて」

大坂に言われたようにボールを握って、普段と同じように真っすぐ腕を振る。

「あっ、ボールだ」

慣れない握りで投げたせいか、ボールはストライクゾーンから大分外れた方に飛んでいく。

だが。

「おお、ほんとだ!!　曲がって落ちた!!」

投げたボールは確かに斜め左下に変化したのである。

「……凄いちょっとだけど」

そう、変化はしたがホントに少しだけである。数センチ曲がったかどうかといったところだろう。

そして少し変化する分、球の速度もストレートよりは若干遅い。

これでは結城から空振りを奪うのは無理だろう。むしろこっちの方がバットに当てやすいのではないだろうか？

「そこがいいのよ。少ししか曲がらないところがね。ボールを打とうとして直前でちょっとだけ曲がったら、どうなると思う？」

「……ああ、そうか。当てようとした場所、バットの芯とズレる」

「その通り!!　さらに芯が狭い木製バットで打ってもらえば、打ち損じる可能性はかなり上がるわ。どうせ空振りは取れないいんだから、向こうに少しでもミスる可能性を上げてもらいましょ」

◇

（……結局、完成まではいかなかったんだよなあ）

雄斗は投球モーションに入りながらそんなことを思う。

握りは『ツーシーム』。兄を倒す秘策だ。

しかし、とうとう本番までに完成には至らなかった。

ボール自体は雄斗の投げ方に合っていたらしくなかなかいい曲がり方をするのだが、いかんせん全然ストライクが入らなかった。

だから大坂と相談して、できれば使わずに抑えようとしたのだが。

（まあ、リスクを背負わずに勝てる相手じゃなかったってことだよな）

踏み出した雄斗の前足が地面に着く。

練習での成功率はだいたい十球に一球。

その一球を今出してみせる。

「はあ!!」

気合と共に腕を振る。

リリースされたボールは、先ほどまでのストレートと同じ軌道を描き。

（……よし!!）

しっかりとストライクゾーンど真ん中より少し高めをめがけて進んでいく。

バッターの結城はニヤリと口角を上げた。

ホームランを一番打ちやすいところにまんまと投げ込まれた先ほどまでより少し遅い球。

失投と思ったことだろう。

「もらった!!」

そう言って鋭くフルスイングするが。

ゴン、という少し鈍い音がした。

「!?」

結城の打ったボールはコロコロと力無く内野に転がった。

守備がいれば普通にアウトになっている打球である。

「よし!!」

雄斗はガッツポーズを取った。

ついに兄からまともにワンアウトを取ったのだ。

キャッチャーをやっている大坂も、キャッチャーミットをつけていない方の手を小さく握りしめていた。

「……」

結城は黙ってバットを見つめている。

雄斗はそんな結城の方に歩いていくと、グラブを差し出しながら言う。

「さあ、兄貴。攻守交替だ」

◇

兄弟対決もいよいよ後半。

残るは雄斗の攻撃が二回と、結城の攻撃が一回だけである。

雄斗は二度目の打席に入りながら考える。

（兄貴の攻撃は後一度、もしかしたらさっきので『ツーシーム』はバレたかもしれないけど、一打席だけなら抑えられる可能性は十分ある）

もちろん高いか低いかで言えば可能性は低い方だろう。

しかし、野球は一流プロでも打率三割という競技だ。もちろん雄斗の球はプロの球とは比較にならないので、もっと打たれやすいだろうが、それでも打ち損じる可能性はあるのだ。

「あとは、兄貴の球を打てれば、ってとこか」

もちろん、ピッチングだけでなくバッティングでも兄に対する秘策は用意してあった。

なにせ兄の打力に制限をかけるために打ちにくい木製バットを使うことにしたのだ。当然、その打ちにくさは雄斗にも影響する。

普通に打とうとしても打つのは不可能に近いだろう。

だから、勝負は一球だ。

兄の最も得意とする球。

内角低め、アウトローのストレートを狙い打つ。

兄はプロ顔負けの超精密なコントロールを生かしたその球をよく投げる。

確かに最も打ちにくい所に投げ込まれるストレートは、厄介な球なのは間違いないが、一つ弱点がある。

結城の球はあまりにも正確過ぎるのである。

完璧《かんぺき》なコントロールで同じコースに投げ込まれるため、ホームベースの同じ場所を通過するのだ。

ホームランにしろと言われると無理だが、今回のゲームはヒットでいい。

だから、完全にアウトローのストレート一本にヤマを張ってそこにバットを出せばいい。

さらに雄斗はバッティングの練習を、全てアウトローの球を打つことに費やしていた。

全ては兄を倒すために。

（……そのためには、もう一回、いや、できればもう二回アウトローへのストレートを見たい。そこでタイミングとコースを掴《つか》む）

雄斗がそう思っていると。

「なあ、雄斗!!」

マウンドの方から兄が声をかけてきた。

「なに？」

「凄いな……俺追い込まれてるよマジで」

そう言った表情と口調はこれまでの楽し気な、まるで小さな子供をあやして遊んでいるようなものとは違う真剣なものだった。

「雄斗さ、凄い頑張ったろ？　こんな短期間であれだけ球よくなったんだからさ。さっきの『ツーシーム』もいい球だった」

そして、ボールを持った手をこちらに突き出しながら言う。

「……なら俺も、ホントに勝負しなくちゃな」

お前には負けないぞという強い意志の籠《こも》った目が、雄斗の体を真っすぐに見据える。

「……」

そんな兄を見て雄斗は。

（……あれ？）

いつの間にかその目から涙が一粒伝っていた。

「……ああ、そうか。俺は、ずっと」

ずっと、兄にそういう目を向けてもらいたかったんだ。

（そうだよ兄貴。俺は、俺はさ……）

俺はアンタに、自分を対等の相手として。

弱くて心配な弟ではなく、一人の男として認めてもらいたかった。

そして今、兄は自分のことを倒すべき相手として真っすぐに見据えている。

……ああ嬉《うれ》しい。こんなに嬉しいことはない。

雄斗はバットを構える。

「……来い」

真っすぐに兄のことを見つめ返す。

「さあ来い!!　結城祐介!!」

「ああ。本気で行くぞ結城雄斗」

結城が投球モーションに入る。

そして投げ込まれたボールは。

バシン!!

と、外角低めに突き刺さる。

速さもキレも、なによりボールに籠った気迫が先ほどまでとはレベルが違う。

（……これが、兄貴の本気か!!）

それはもちろん雄斗が狙っている球だったが、本気で投げ込まれた結城のアウトローのストレートは全然別物だった。

バットに当てて前に飛ばせるイメージが湧かない。

「俺と親父が目指してたのは、ストレートのキレとコントロールだけで抑えられるピッチャーだった」

結城は大坂の返球を受け取り、再び投球モーションに入る。

「だから、本気でやるときはほとんど変化球を使わないんだ」

再び投げ込まれるボールは、寸分違《たが》わず先ほどと同じアウトローへ。

「ぐっ!!」

これも雄斗は手が出ない。

「あるプロ野球選手は言った。『本当のアウトローのストレートは打たれない』と。俺もそう思う。置きに行かずにしっかりと腕を振り切った外角低めのストレートは……」

三球目。

結城の腕がしなる。

「最強の魔球だ」

三球目もアウトロー。

今日何度も見た軌道だ。

しかし、凄《すさ》まじい勢いとキレ。先ほど一瞬、打てる気がしないと思わされてしまった球である。

(だけど、打つ!!)

結城に勝つにはここしかない!! このために準備をしてきたのだから!!

「おお!!」

雄斗は思い切りバットを振りぬく。

ボールを正確に目で捉《とら》えられていたわけではない。

しかし、毎日毎日同じコースを打つ練習をしてきたからだろうか。
手が自然とボールを捉える動きをしていた。
雄斗のバットがボールを捉える。
（……よし!!）
確かに手に伝わるミートの感触。
しかし。
「!?」
バチン!!
と、バットを持つ雄斗の手に強い衝撃が襲い掛かる。
「ぐっ!?」
そして、ボールはコロコロと力なくキャッチャーの前に転がった。
「な？　打てないだろ？」
結城は堂々とマウンドに仁王立ちしてそう言った。
（……いってえ）
今一球バットに当てただけで、手が真っ赤になっている。
しかも骨までズキズキと痛む。

やっぱり結城は凄《すご》い。恐ろしい相手だ。

でも。

雄斗は痛む手をギュッと握りしめ、真っすぐに結城を見据える。

「ナイスボール、兄貴。でもまだ0対0だ」

「おう。最終回で勝負だな」

雄斗と結城はお互い歩み寄り、グラブとバットを相手に渡す。

(……正直、手は尽きた)

雄斗はマウンドを均《なら》しながら思う。

結城を倒すために用意した投打の秘策は、両方とも出してしまった。

『ツーシーム』はもうバレているし、アウトローもう一打席で打てるかと言えば難しいだろう。

でも、諦《あきら》めない。

最後まで今持てる武器を全部使って立ち向かう。

「……いい目してるなあ、雄斗のやつ」

結城が不意にそんなことを口にした。

そして、バッターボックスに入ると。

「なあ……一つ聞いていいか？」

こちらに向かってそんなことを言ってきた。

「なに？」

「『勝ったら小鳥をもらう』って話だけど、あれ本気なのか？」

「……」

ああ、そう言えばそうだったな。

と自分で言いだしておいてそんなことを思った。

「まあ、勝ったら小鳥に告白するくらいはいいけどさ……あんまりよくないけど」

「……いや、うん。それはもういいよ」

雄斗は首を横に振った。

小鳥が好きなのは本当だ。正直、付き合えるなら付き合いたい。

だけど、今はただ……。

「それよりも俺は……この勝負で兄貴に勝ちたいから」

それだけで十分。それだけがなによりも望むものだった。

「そうか……」

結城は少し微笑んだ。

勝負が始まった頃の楽し気なモノではなく、嬉しさを噛《か》みしめるようなそんな笑顔だった。

そして。

「俺もな……野球やめる前は、いつかお前とこういう真剣な勝負できるかなって、思ってたんだよな」

「兄貴……」

「……ホントに、成長したな雄斗」

結城がバットを構える。

「よし!!　来い!!」

「……おう!!」

雄斗は大きく振りかぶって、渾身《こんしん》のボールを投げ込むのだった。

◇

「ホントに楽しかった。またやろうぜ雄斗」

結城はそう言ってグラウンドを去って行った。

雄斗は打席でグラウンドの上に仰向《あおむ》けになって倒れていた。

(……負けた)

最終回。

結城は雄斗の『ツーシーム』を見事にフェンスまで飛ばし、投球では三球全てをアウトローにストレートという小細工一切なしの投球で雄斗を三球三振に打ち取った。

やはり最後には圧倒的な実力差がモノを言った。

しかし、それでも、雄斗は臆《おく》することなく真っ向から立ち向かった。

逃げるような投球はしなかったし、バッティングは全て思いっきりスイングしに行った。

今ある全力を出した。

それだけは間違いなくそう言えるのだ。

雄斗はゆっくりと体を起こす。

「……でも、結局負けたな」

負けは負けだ。

努力賞とか敢闘賞とか、そういうものが欲しかったわけじゃない。

勝ちたかった。

本当にただ、勝ちたかったんだ。

「はは、頑張ったけど……何も変わらなかったな」

そう呟《つぶや》くと。

「違うわ」

上から声がした。

キャッチャー用の防具を外した大坂がそこに立っていた。

いつも通りの偉そうに腕を組んで立っている。

しかし今回はその組んだ腕を解いて、ゆっくりと雄斗の前にしゃがみこんだ。

「全力を出して挑んだ負けはただの負けじゃないわ。大きな大きな『前進』よ」

そして、ふわりと温かい体温に雄斗の体が包まれた。

大坂が雄斗を抱きしめたのだ。

鍛えられてはいるがちゃんと女の子の柔らかさを感じる、そして大坂の少し汗の混じった優しい匂いがした。

「……悔しい？」

「……うん。すごく」

聞いたことのないような大坂の優しい声に、目頭が熱くなる。

「ならアナタは大丈夫。きっとこれからも頑張れる。前に進める。一歩一歩進んで、いつかきっと祐介にだって負けない男の子になるわ」

大坂の手が優しく頭を撫《な》でてくる。

なんだよ……なんでこんな時だけ優しいんだよ。

「とりあえず……頑張ったわね雄斗。見直したわよ」

「……うっ」

もうダメだった。

雄斗は溢《あふ》れだす悔し涙を止めることができなくなってしまう。

こんなにわんわん泣いて、本当にカッコ悪いなと思う。

だが不思議と。

その涙は十二日前に一人自分の部屋で流した涙よりも爽《さわ》やかな涙だった。

第五話　大坂のけじめ

「……全力を出して挑んだ負けはただの負けじゃない……か」

大坂奈央子《おおさかなおこ》は泣きじゃくる雄斗《ゆうと》に昼ご飯を奢《おご》った後、一人結城《ゆうき》の家に向かって歩いていた。

実は午後から陸上部の部活があるのだが、今日はサボることにした。

部活を休むのは高校に入ってから初めてだった。いやむしろ、中学から数えてもこれまで一度だけだった。三十九度の熱があったのに行こうとして母親に止められたのである。

それくらい陸上は大坂にとっては情熱を傾けられるものであった。

だが、それを休んでもやっておかなければならないことがあるのだ。

「あんなこと言っといて、アタシが前進できなかったらダサいじゃない」

大坂は結城の家にたどり着くと、呼び鈴を鳴らす。

「はーい、って、あれ？　大坂じゃん、どうしたんだ？」

中から出てきたのは結城だった。

運動した後のシャワーを浴びていたらしく、髪が少し濡《ぬ》れている。

おそらく、家には今結城しかいないのだろう。

まあそれは分かっていたことだ。雄斗はまだ一人でどこかにいるはずだし、麻子《あさこ》と小鳥《ことり》は一緒に出かけているという話だ。

「ああ、そうだ。雄斗のことだけどありがとうな」

大坂が次の言葉を言う前に、結城がそんなことを言ってきた。

「なんのことかしら？」

「アイツが頑張るの、サポートしてくれたんだろ？　たった十日間で雄斗をあそこまで動けるようにするなんてさすが大坂だな」

「ふん。頑張ったのはアイツよ」

「だとしても、だ。おかげで野球やってるときに残した未練も無くなったしな。ほんと、ありがとな。なんか俺にお礼できることがあったら言ってくれよ」

ちょうどいい話の流れになったので、大坂は言う。

「……アンタ明日帰るのよね？」

「ん？　ああそうだけど」

「だったら、今からちょっと付き合いなさいよ。昔馴染《なじ》みのアタシにもさ」

◇

結城と共に大坂が向かったのは、家の近くにある小学校だった。

「うわ、懐かしいなあ」

結城はしみじみといった様子でそう言った。

「アタシも、ちょっと久しぶりに見てみたくなってね。せっかくなら昔馴染みもいたほうが興が乗るでしょ？」

大坂はそんなことを言う。

実際には結城たちが帰省した翌日に大坂はここに来ている。

とはいえまさか「少し前にアンタの彼女をここの校舎裏に呼び出して、アンタと別れなさいってゆさぶりをかけてみたのよ!!」とは言えないので、ここは方便を弄《ろう》することにした。

開けっ放しになっている校門を通って二人は、学校の敷地の中に入っていく。

「しかし、本当に廃校になったんだなあ……」

「……ちょうどアンタが出て行った年にね」

少子化と都市部への人口集中、それによる地方の過疎化が進む昨今。

この地域も見事にその影響を受け、少し遠くにある他の小学校と統合され、使用しなくなった校舎と敷地だけが残されている。

しかし、それ程使われなくなってから時間が経っているわけでもないので、設備自体はまだいくらか綺麗《きれい》なままである。

「ああ、見ろよ大坂、あのブランコ。確か一時期、アソコからどれだけ遠くに靴飛ばせるかっての、クラスで流行《はや》ってたよな」

結城が校庭の一角にあるブランコを指さしながらそんなことを言う。

「そう言えばそんなことあったわね。アタシは参加しなかったけど」

「……まあ、俺もそうだったな」

大坂の言葉にこの話題からは話が広がらないと思ったのか、結城はそれ以上言葉を続けなかった。

学校内の思い出話など、大坂も結城も大して語れるほど持ち合わせていないのだ。

結城には野球、大坂には全ての教科で一番を取ること、それぞれ目標がありわき目もふらずに努力をし続けていたのだから。

どうにも周りからは浮いた存在だった。

だからこそ。

「やっぱり、アンタとアタシは似たもの同士だったんでしょうね」

大坂はそう言って結城の方をチラリと見た。

「そう言われてみればそうなのかもなあ。よく覚えてるよ。運動会の時に大坂が男子をごぼう抜きにしたの。テストでよく満点取って先生に褒められてたしな」

「アタシもよく覚えてるわ。学校の体育でソフトボールやった時に、アンタが16連続三振とって試合にならないからってピッチャー降ろされたのはかなり衝撃的だったわ」

「……まあ、他の種目の時間はむしろ体を休めるために流してたんだけど、野球となるとな。手が抜けなくて。無失点に抑えてるのに教師から『空気読め!!』って言われたときは驚いたわ。当時はなんで怒られたのか、ちょっと分かんなかったなあ」

そんなことを話しながら敷地内を進むと、一階の教室の窓の前にやってくる。

「よっこいしょ」

大坂は手慣れた動作で、教室の窓をガラガラと開けた。

「さて、入りましょ」

「え？　いいの？　てか、開いてるの!?」

「どうせもう、盗むものなんか中に無いんだからいいんじゃない？」

大坂がそう言って中に入っていくと。

「……まあ、こういうのもたまにはいいか」

結城もその後に続いて窓枠を乗り越えて入っていく。

◇

校舎の中もそれほど寂れている雰囲気ではなかった。

時々清掃されているのだろうか、むしろ毎日生徒が出入りする現役の校舎よりも綺麗なくらいである。埃《ほこり》っぽい匂いもそれ程しない。

しかし、机や椅子などの備品はほとんど運び出されていた。

「広いんだな……机と教卓の置いてない教室って」

結城がそんなことを呟く。

結城たちが入り込んだ教室は、二年生の頃に使っていた教室である。

あの頃は狭苦しい印象があったのだが、こうして何もない状態を見ると広々としていた。

「そうね……でも、アタシたちも大きくなったわ。あんたなんか、ちょっとジャンプすればドアの枠に頭ぶつけそうよ」

「あ、ほんとだ。こんな低く作られてたんだなあ。そう言えば背の高い先生は、少し屈《かが》みながら入ってたっけ……」

そんなことを言って、ドアの縁を手で触ってみる結城。

（……さてと）

思い出話に花を咲かせるのもいいが、本来の目的に移行しよう。

大坂は教室を出ると廊下を進んでいく。

結城もその後をついていく。

そして向かったのは……。

「……保健室？」

結城が不思議そうに首を傾げた。

大坂はその様子に少しムッとしたが、ドアを開けて中に入っていく。

保健室の中は薬品の類《たぐい》や人体模型などの備品は運び出されていたが、ベッドや薬品の入っていた棚、保健の先生が使っていた机やパイプ椅子はそのままだった。

「なあ、なんでここ入ったんだ？　なにか思い入れあったりするのか？」

結城がそんなことを聞いてくる。

「……そう、やっぱりアンタは」

大坂はそう呟《つぶや》く。

そして、ベッドの前に立つとベッドを手で触ってみる。

昔と違い白いシーツがつけられていない状態のため、肌触りは少しザラザラしていた。

「……アタシとアンタがさ」

大坂はゆっくりと語り出した。

「初めてまともに話したのって、ここなのよ」

結城は少し口を開けて斜め左を見て「そうだったっけ？」という表情をする。

「家は近所で親同士はよく世間話してたけど、小さい頃のアタシたちは全く話さなかったじゃない？」

「ああ、そう言えばそうだったなあ。いつの間にか普通に話すようになってたけど」

「そのきっかけが、ここなのよ」

◇

大坂は今でも覚えている。

小学校四年生の時のことだ。

当時から何事においても常にトップを目指し、努力を続けていた。

だからどうしても、流されるままにダラダラと生きている同級生たちを同じ人間と思うことができなかった。

同級生は「人生を無駄に生きてる田舎の馬鹿ザル」。そして、学校というのはそういうサルの集まる動物園みたいなものだ。そんな風に思っていた。

そんな見下した考え方は態度に滲《にじ》み、一部の生徒から反感を買うことになる。

とはいえ、頭がよく運動神経抜群で教師からの評価も高く、なにより当時は見た目も背の高さも完全に男子だった大坂を正面切っていじめられるわけもなかったので、時々ちょっとした嫌がらせをされる程度であった。

ある日の体育でサッカーをしているときに、ドリブルをしている大坂に味方が足をかけてきたのである。

大坂は勢いよく転んで膝《ひざ》を擦りむいてしまった。

まあ、とはいえ所詮《しょせん》はちょっと血が出た程度。大坂はそのまま試合を続けて、見事ゴールを決めたわけだが、教師から「保健室に行ってこい」と言われる。

なんだこの程度の傷で。

と思ったが、わざわざ反発するようなことでもないので大人しく従うことにした。

（……ちっ、あの女、とりあえず教師から目を付けられるように仕向けて、教室内でデカい顔できなくするか）

この程度の嫌がらせは何度も経験済みであり、そういう相手を「処理する」方法も心得ている大坂は、内心そんなことを考えつつ保健室に向かう。

「って、なんだ先生いないじゃん」

まだ女子らしさを研究する前の大坂は、完全に男の子の口調でそう呟く。

保健室は無人だった。

いつも暇そうにしている保健の先生はどこかに行っているのだろう。

その時。

「……あれ、先生いないのか」

同級生の男子が保健室に入ってきた。

「ああ……お前は」

大坂はその男子の名前を知っていた。

結城祐介《ゆうすけ》。

近くに住む男子である。

だがこの時、大坂は結城のことなど名前と顔とあとは野球をやっているらしいことくらいしか知らなかった。

「って、お前メチャクチャ血が出てるじゃん⁉」

結城の肘《ひじ》は豪快に擦りむけていた。大坂の怪我とは比べ物にならないほど、痛々しく出血している。

「どうしよう。保健の先生は職員室か？」

「別に大したことない」

結城はそう言うと、勝手に水道で傷口を洗う。

そして、手慣れた動作で机に置いてあった消毒液をガーゼにしみ込ませると。

皮膚が捲《めく》れてピンク色になった部分に、容赦なくそれを押し付けた。

「うわっ……」

あれ絶対メチャクチャ痛い。

しかし、結城は。

「……ふう」

と一つ息を吐いただけだった。

そして、何事もなかったかのようにもう一枚のガーゼを傷口に当てて、テープを使ってそれを留める。

そして大坂の足に目をやった。

「ん？　お前も擦りむいたのか？」

「え？　ああ。だな」

「……そうか、じゃあ、まずは傷口洗えよ。ほら」

結城はそう言うと、蛇口を捻《ひね》って水を出した。

「あ、ああ」

大坂は言われた通りに、擦りむいた膝を水で洗う。

「ほら、ベッド座れよ」

傷口を洗い終わると、結城がベッドを指さした。

「……」

誰かに何かを指図されるのが嫌いな大坂だったが、この時はなぜか結城の言うことに従ってしまった。

そして結城は自分にしたのと同じように、消毒液をしみ込ませたガーゼを大坂の傷口に押し付ける。

「ぬぐっ……!!」

やっぱりかなり染みる。

しかし、目の前の男子は顔色一つ変えずにやってのけたのだ。

痛いだの染みるだのギャーギャー言って暴れたら負けである。

「ふーっ!!」

大坂は歯を食いしばって、微動だにせず耐えてみせた。

「……」

「……なんだよ、こっちのことジロジロと見て」

「さすがだな、大坂」

そんなことを言ってきた。

「名前……」

「知ってるよ。何やっても目立つしな大坂は。やっぱり日頃から気合入ってるやつは我慢強いな」

結城は応急処置を終えるとゆっくり立ち上がった。

「まあ……お互い頑張ろうぜ」

結城はそれだけ言うと、保健室を出て行った。

「……」

残された大坂はガーゼの当てられた膝を触る。

少しだけ温かい気がした。

◇

「ああ、なんかそんなこともあったかも」

大坂の話を聞いて結城はそんなことを言った。

うっすらと記憶に残っているかもしれない、といった感じである。

(そうよね……アンタにとっては、そんなものよね……)

この差が自分とこの男の意識の差である。

大坂は結城を異性として見ているが、結城は大坂を異性として見ていない。

今からその差を埋めてやる。

「それにしても、改めて高校行って大坂変わったよな。あの時なんて、髪も短かったし喋《しゃべ》り方も完全に男子だったし。金島《かなしま》のやつなんて大坂のこと五年生までホントに男だと思ってたぞ」

能天気に昔話を始める結城。

そんな目の前の鈍感男に大坂は言う。

「……まあ、アンタを振り向かせたかったからね」

「え？」

言われたことの意味が飲み込めなかったのか、一瞬固まる結城。

そして、大坂はそんな結城の服を摑《つか》んで自分の方に引き寄せる。

「え？　な、なんだ？」

大坂はそのまま困惑する結城を。

「どっせい!!」

「ぬお!?」

自分ごと倒れこむようにベッドの上に押し倒した。

「……ったく、急にどうしたんだよ大坂」

「……」

「ええと……ホントにどうした？　何かあったのか？」

「……」

「……おーい、大坂さーん」

「今言ったでしょ」

大坂は結城の上に覆いかぶさりながら言う。

「アタシはアンタを振り向かせたくて、女磨いたのよ」

「……」

「アタシはアンタのこと好きなの。異性としてね」

「……まじ？」

結城は思いもしなかったという目でこちらを見てくる。

「ええ、ずっと好きだったわ。小学校の頃から、中学で野球部の助っ人《すけっと》で試合に出たのを見てからはかなり本気で。好きよ。アタシは結城祐介が好き」

「……そうか、そうだったのか。悪いな、俺そういうの気づくの苦手でさ」

結城はそう言って、少し頭を掻《か》く。

「だけどゴメン。俺にはもう小鳥が……」

「知ってるわそんなことは」

そう。そんなことは百も承知である。

これは完全に負け戦だ。

しかし、全力で戦わずに終わるなど、この大坂奈央子のプライドが許さない。

使えるものは全て使う。

「その上で、あの子と別れてアタシと付き合いなさいって言ってるのよ」

「お前、メチャクチャを……」

結城が言い終わる前に。

大坂は自分の上着に手をかけて豪快に脱ぎ捨てた。

露《あらわ》になる黒い下着と、同世代の中では大きさも形の良さもずば抜けた豊満な胸。

「うお⁉」

驚きの声を上げる結城。

「もしアタシと付き合うなら、この乳揉《も》んでいいわよ」

「何言ってんのお前⁉」

「むしろ、この場でアタシの純潔をぶち抜いていいわ」

「ホント何言ってんのお前⁉　もうちょっと自分の体を大切に」

喚《わめ》きたてる結城の顔面に、脱いだ上着のポケットから取り出したものを投げつける。

ペシン、とそれは結城の額に張り付くように直撃した。

「なんだよ……ってこれコ〇ドームじゃねえか⁉」

「避妊はばっちりよ。アタシはアスリート、言われなくても体は大事にするわ」

そうだ。使えるものは全て使う。女だって使う。

どうだ結城祐介、アタシの体は魅力的だろう。

健康的な褐色の肌に出るところは出て締まるところは締まった完璧《かんぺき》なボディライン。

毎朝鏡の前で自分でも惚《ほ》れ惚《ぼ》れしてるくらいだ。

思春期の男には辛抱たまるまい。

さあ獣のように襲い掛かってくるがいい!!

「……」

「……」

結城は無言で大坂の目を見つめていた。

大坂も結城を真っすぐ見つめる。

二人の顔の距離はもう少し近づけばキスできるくらいだった。

静けさの中、時計の針が音を刻む。建て付けの悪くなった窓が外の冷たい風に吹かれてガタガタと音を鳴らす。

結城の少し汗っぽい匂いとベッドの少し埃《ほこり》っぽい匂いが混ざって鼻孔をくすぐる。

結城の両手首を押さえている自分の手から汗がにじんでいた。

部屋の中は寒いはずなのに心臓がバクバクして全身が熱くなる。

馬乗りになっている結城の体は、野球はやめたはずなのに厚くて骨がガッシリしていて、

やっぱり男子なんだなと実感する。

そして……。

「……悪いな大坂。俺には小鳥がいるから、お前とは付き合えないよ」

大坂奈央子の最後の攻勢は、見事にこの男には通じなかった。

結城が両手に力を入れると、大坂の抑えは簡単に解かれてしまう。

そして大坂の体を両手で優しく持ち上げてベッドの端に座らせると、自分はベッドから立ち上がった。

「ほら、風邪引くぞ」

結城が大坂の上着を差し出してくる。

「……なんでよ」

「え？」

「なんで、アタシじゃダメなのよ!!」

大坂は感情のままにそう叫んだ。

「確かにアンタの彼女は美人だと思うわ。でも、アタシだって美人だし勉強も運動もアタシの方ができる!! 学校中の男子は皆アタシと付き合いたいと思ってるし、オッパイだってアタシの方が大きい!!」

これだけ聞けばあまりにも自惚《うぬぼ》れたセリフだが、何一つ嘘のない客観的な評価である。

本当に自分はそういう女なのだ。そうなるために努力したし、女を磨いた。

なのに、なのになぜ……。

「なんでって、そりゃ……俺が小鳥を愛するって決めたからだよ」

結城はハッキリとそう言った。

「別に誰かの方が美人だとかスタイルがいいとか、何かができるからとか……そういうことじゃなくてさ」

（……ああ。それは）

その言葉は。

「俺は小鳥だけを愛するって決めた。俺が決めたんだ。だから比較じゃないんだよ」

「……」

同じだ。

あの女が前に自分に言った言葉と同じ。

比較じゃない。目の前の相手を愛すると決めているから愛している。

結城も小鳥も、お互いに対してそんな思いを持っている。

「いやまあ、俺は小鳥の見た目も世界一好きなんだけどな」

結城は少し照れくさそうにそんなことを言う。

そういうところも小鳥と同じだった。

「……あほくさ」

大坂は一言そう呟《つぶや》く。

そして結城の手から上着をひったくるとベッドから立ち上がった。

「……ふう。手間取らせて悪かったわね」

「いや、俺も懐かしい気分になれて楽しかったよ」

大坂は保健室のドアを開ける。

「彼女とお幸せに……」

「ああ……って、いや待て、これ、コ○ドーム!!」

「あげるわ。彼女とお幸せにね」

「なんかさっきとニュアンス変わるな!!」

背後でギャーギャー言っている結城を置いて、大坂は保健室を出て行く。

「……まあ、分かってはいたけどね」

大坂は廊下をズンズンと大股《おおまた》で進みながら一人呟く。

「分かってても、やってみなくちゃ悔いが残るじゃない」

廃校舎を出て、グラウンドを横切って敷地から出ても足を止めずに歩く。

「だから、これは前進よ。大坂奈央子」

歩いて歩いて。

そして、大坂がたどり着いたのは……高校のグラウンドだった。

大坂が通っている高校である。

「あれー？　大坂先輩だ!!」

やたらと自分のことを慕ってくれている三つ編みで小柄で不釣り合いなほどに胸の大きな後輩が、こちらに気づき手を振ってくる。

どうやらちょうど１００ｍのタイム測定を始めるところだったらしい。

「……」

大坂は無言で後輩の立っているスタートラインに並ぶ。

「あ、先輩も計りますか？　いいっすね!!　測定二人分よろしくー」

後輩は１００ｍ先にいる測定係に手を振ってそう言った。

そして大坂の隣でスタートの姿勢を取る。

大坂も隣に置いてあったスターティングブロックをセットして、スタートの姿勢を取る。

「それにしても、大坂先輩が遅刻とか初めてっすねー。病気かと思ったすけど。寝坊っすか？」

「……」

「あれ？　先輩」

「……決めた。アタシ、ファーストレディーになってやるわ」

「何言ってんすか？」

――よーい、ドン!!

測定係の声と共に計測が始まる。

大坂は力強く地面を蹴《け》った。

（……なにが『比較じゃない』よ）

お前らだけの世界に浸って幸せそうにしやがって。

これまで必死に一番になろうとしてきたのを、馬鹿にされてるみたいで心底気に食わない。

アンタらの言ってることはサッパリ分からない。

アタシはこれからももっともっと自分を高め続けるし、上を目指してやる。

結城なんかよりも遥《はる》かにいい男を捕まえてやるし、あの女など比べ物にならないほど魅力的な女になってやる。

「っあぁ!!」

渾身《こんしん》の力でゴールを駆け抜ける。

「はあ……はあ……」

膝《ひざ》に手をついて息を整える大坂。

一方、測定係の部員が興奮気味に言う。

「……凄《すご》いわ大坂さん、新記録よ!!　まだスパイクも履いてないのに!!」

それを聞いて大坂は小さく笑う。

（……はっ、見たかこら。『前進』してやったぞ）

「いやあ、ホント凄いっすね大坂先輩。これなら全国優勝狙えるんじゃないっすか？」

三つ編みの後輩が能天気にニコニコしながらこっちにやってきた。

「なんか速くなった秘訣《ひけつ》とかあるんすか？　秘密のトレーニングとか」

「秘訣？　そうね……知りたいかしら？」

「是非是非」

大坂はいつも通り偉そうに腕を組んで言う。

「恋をすることよ」

「いや、意味わかんねーっす」

◇

ちょうどその頃。

「麻子さん、ネギの皮落とし終わりました」

小鳥は麻子の仕事を手伝っていた。

この季節に収穫したばかりのネギは、一番外側の部分が枯れており見栄えが悪い。なのでエアドライヤーなどを使って、枯れている部分を風で吹き飛ばし見た目を整えるのである。

小鳥も初めてやってみたのだが、エアドライヤーはいっぺんに枯れた部分を吹き飛ばせて非常に便利である。

昔はこれを素手でやっていたというのだから、凄いなあと思う。

「ありがと小鳥ちゃん」

草むしりをしていた麻子が、小鳥の方に歩いてくる。

「あら、凄く綺麗《きれい》ねえ。お店よりもキッチリ揃えて並んでるし。ここまで丁寧にやらなくてもいいのに」

「その、癖みたいなものなので……」

「祐介の部屋は綺麗になってそうねえ。羨《うらや》ましいわ」

麻子はそんなことを言うが、正直あまり効率は良くないと自分でも思っている。

部屋だってどうせ汚れるのだから、毎日あそこまで隅々まで綺麗にしなくてもいいのだ。

細かいところは一か月に一度でもまとめてやるのが本来効率がいいのだが、こういう仕事をし始めると細々した部分が気になってしまうのである。

「それよりも私は麻子さんの方が凄いと思いますよ。本当にテキパキと休まずお仕事をこなして……」

「あらやだ、褒め上手ねえ。十万円くらいあげたくなっちゃうわ」

「お、お金はもっと大事にしたほうが……」

口に手を当ててもう片方の手をヒラヒラさせる麻子に、小鳥はそう言った。

ちなみに、おべんちゃらでもなんでもなく、小鳥は今日仕事を手伝ってみて麻子は本当に凄いなと思った。

朝からほとんど休まず、次々に要領よく仕事をこなしていく姿はなかなかマネできるものじゃない。

本人は自分のことを「学年で下から指の数で足りたおバカ」などと言っていたが、机に座って勉強するのが苦手だっただけで、実際は頭のいい人なんじゃないかと思う。

そして、そんな一日中黙々と仕事をする姿はどこか似ていると思う。

そう……彼氏の、結城が勉強をしている時に似ている。

見た目も少し似ているところがあるが、今が一番「親子だなあ」と感じる。

「それで、次は何をお手伝いすればいいですかね？」

「んー、いったん休憩にしようかしらねえ」

麻子は腰に手を当てて反らしながらそう言った。

「小鳥ちゃん、トラックの荷台のクーラーボックス持ってきてくれる？」

「え、はい」

畑まで乗ってきたトラックの荷台を見ると、小さいサイズの青いクーラーボックスを見つけた。

「これですか？」

「そうそう」

麻子は小鳥の持ってきたクーラーボックスを開ける。

その中に入っていたのは、普通のものよりも少し高いアイスだった。

「二人分だけ買っておいたの、男どもには内緒でこっそり食べましょ」

そう言っていたずらっ子のような笑みを浮かべてウインクする麻子。

「ふふ、そうですね。いただきます」

小鳥と麻子はトラックの荷台に腰かける。

そして、アイスを開封し付属のプラスティックのスプーンですくって一口食べた。

「……くぅ!!　一仕事した後の甘いものは美味《うま》いわねえ」

麻子は絞り出すような声でそう言った。

「そうですね、おいしいです」

季節は冬だが、まだ日が出ている時間だ。

しっかりと厚着を着込んで長時間農作業をしていたので、冷たくて甘いアイスは舌と全身に染みわたる。

「……」

「……」

その後、少しの間二人は無言のまま畑でアイスを食べる。

自然に囲まれた田舎の澄んだ風が畑を吹き抜けていく。

凄く心地よい気分だった。

「……ねえ、小鳥ちゃん。祐介はどう？」

不意にそんなことを麻子が聞いてきた。

「……どう？」

それは何を指しているのだろうか？

「ああ、これだとざっくり過ぎるわね」

そう言って麻子は頭を掻《か》いた。

まあ、母親として色々と聞きたいことがあるのだろう。

「そうね……彼氏としてさ、どうよ祐介は」

「か、彼氏としてですか⁉　ええと……その……」

相手の親から改まった態度で聞かれると、かなり気恥ずかしい。

「すごく、いい彼氏ですよ。私にはもったいないくらいに」

「そう……祐介のやつも成長したって事なのかしらね」

麻子は遠くの空を眺める。

そして、自分の息子について語り始める。

「……もう知ってるかもしれないけど、アタシの旦那《だんな》……祐介の父親は自分の息子をプロ野球選手にするって言ってメチャクチャに鍛えたわ」

「はい、祐介さんから聞いてます」

「正直、最初アタシはどうかと思ったわ。生まれる前から子供の将来決めつけるのも、虐待じみた練習を物心ついた頃から毎日のようにさせるのも。あんなの普通、子供にとって一生モノのトラウマになるもの」

小鳥も結城の父親の厳しさは結城から聞いていたが、実際に一番間近で見ていた人間の目からもやはり異常なレベルだったようだ。

「だけどね……あの子は、祐介はそれに耐えられちゃったのよ。それどころか、父親との野球をどこか楽しんでるようなところまであったわ。少しでも本気で嫌がったら、旦那引っぱたいてでもやめさせるつもりだったのに……アタシの出る幕は無かったわ」

呆《あき》れたモノだと肩をすくめる麻子。

「あの子は、そういう子。どこまでも頑張れちゃう。旦那が死んで野球やめた後だって、一週間もしないうちに医者になるって次の目標決めてその日から一日中勉強しだしたわ。我が子ながらハンパないなと思った。でも、同時に……」

小鳥はその先に麻子が言おうとしていることが分かった。

「……心配ですか？」

麻子は自分が言おうとしていたことを当てられて、少し驚いた様子で小鳥を見る。

「……ええ、そうね。あの子は強いわ。でも、強くて頑張れちゃうからこそ、いつかどこかで限界を迎えた時、ちゃんと自分を甘やかすことができないんじゃないかと思うの。疲れた時は休んでいいし、だらけていいし、無責任になってもいい。そういうことは、たぶんあの子苦手だと思うから」

麻子はそこまで言うと、手に持っていたアイスのカップを置いた。

そして小鳥の手に自分の手を置くと、真剣な眼差《まなざ》しでこちらの方を見ながら言う。

「だから、小鳥ちゃん。祐介のこと……支えてやってね」

「……」

小鳥もアイスのカップとスプーンを置く。

そして自分の手に添えられた麻子の手を握る。

「任せてください」

そう言って微笑んだ。

「ありがとう……。苦労かけるわね」

小鳥は首を横に振る。

「いえ……あんなに支えがいのある人はいませんから」

「その年でそんなこと言えるなんて、アナタも凄い子ねえ」

そして麻子は目を細めて。

「……うん、よかった。安心したわ」

そんなことを言った。

ため息のような、体の底から滲《にじ》みだしてきたような。そんな声だった。

「麻子さん……」

今触れている麻子の手。

ゴツゴツしたささくれ立った手だった。

この手で夫がいなくなってから、女手一つで男の子二人を育ててきたのだろう。

それはきっと簡単な道ではないはずで……。

だから小鳥は、今度は自分から麻子の目を真っすぐに見つめて言う。

「大丈夫です。祐介さんは、これから私が支え続けます」

「……」

力強くそう言った小鳥の言葉に、麻子は少し呆然《ぼうぜん》としていた。

だが、やがて小さく微笑むと。

「祐介は本当にいい子を見つけたのねえ……」

しみじみと、そう呟《つぶや》いたのだった。

エピローグ　ハプニングからの～

翌日。

今日は結城《ゆうき》たちが帰る日である。

「……ふう、これでよし」

結城は自分の部屋で荷物をまとめ終えると、一人そう呟いた。

と言ってもそもそも持ってきたのは、いくつかの参考書と最低限の着替えに生活用品だけである。小鳥《ことり》はすでに支度を済ませて下に降りて行った。

「じゃあ……行くか」

結城は立ち上がると、少ない荷物を持って廊下に出る。

そして向かい側の弟の部屋の前で立ち止まった。

こういう時に、お互い何か言って帰るタイプでもないが、今日は帰る前に挨拶《あいさつ》くらいはしようと思った。

コンコン、と弟の部屋をノックする。

「……雄斗《ゆうと》、いるか？」

返事は無い。再びノックをするが、それでも返事は無かった。

ゆっくりとドアを開けてみると、部屋の中に雄斗はいなかった。

見慣れた弟の部屋だったが、明らかに変わっている部分が一つあった。

いくつかのトレーニンググッズと、プロテインシェイカーが置いてあったのだ。

結城は部屋の中に入って床の上に置いてある鉄アレイを拾う。

「お、結構重いの使ってるな」

おそらく大坂《おおさか》にでも借りたのだろう。

短い期間だったが、弟が努力した証《あかし》だ。

嬉《うれ》しくなって結城は少し頬を緩める。

「ん？」

ふと机の上に整えられずに置いてある紙の束に目が留まる。

「これは……」

紙にはコマ割りがされて、絵が描かれていた。

「雄斗、マンガとか描いてたんだな」

少々申し訳ないとは思いつつも、内容が気になってしまった。

結城は散らばった紙を拾い集めて順番通りに直すと、一枚一枚丁寧に読み始める。

「……へえ、これは」

しばらくそうしていると。

「……あれ？　兄貴まだいたんだ」

外から帰ってきたらしい弟が、部屋の入口に立っていた。

少し汗ばんでいるのを見るに運動して来たのだろう。習慣になったのはいいことである。

「って、兄貴それ……」

「ん？　ああ、悪い勝手に見ちゃって」

「別にいいけどさ……」

雄斗は恥ずかしそうに、すねたようにそう言った。

結城は紙を机に丁寧に置き直すと部屋を出て行く。

「じゃあ、俺帰るから」

「うん、いってらっしゃい」

「ああ、それからさ」

「なに？」

「マンガ……面白いじゃん、才能あるんじゃないか？」

「……」

雄斗は驚いたように目をパチパチとして、原稿とこちらの顔を交互に見る。

「じゃあな」

結城はそんな雄斗を背に、階段を下りて行く。

下りてすぐのところにある玄関で、小鳥と麻子《あさこ》が楽しそうに話していた。

「お待たせ」

結城がそう言うと、麻子と小鳥がこちらの方を見る。

「……じゃあね、小鳥ちゃん。いつでも遊びに来てね」

「はい、ありがとうございます麻子さん」

「祐介《ゆうすけ》も、小鳥ちゃんのこと大事にするのよ」

「ああ、言われなくてもそうするよ」

「よろしい」

麻子は満足げにそう言った。

結城も靴を履いて玄関を出ると小鳥に言う。

「……じゃあ、戻るか」

「はい」

小鳥は笑顔でそう答えた。

◇

「……そう言えば、さっき母さんとなに話してたんだ？」

帰りの電車に揺られながら二人で麻子が作ってくれた弁当を食べているとき、結城は小鳥に尋ねた。

小鳥は少し考えたあと、少し意地悪そうな笑みを浮かべて。

「ふふ……女の子同士の秘密ですよ」

そんなことを言った。

「大坂の時もそれだったじゃん……いやまあ、いいんだけどもさ」

自分で大坂の名前を口にして、この帰省していた間のことを思い出す。

「しかし、結構長く感じる冬休みだったなあ」

「そうなんですか？」

「ああ。仕事も無かったし、せっかくの休みだから勉強もあえて少し量減らしてみたりしたからさ、なんか一日が無駄に長かった気がする」

一日一日の充実感も、こう……なんというか、物足りない感じだった。

「去年の冬休みは気が付いたら終わってたんだけどなあ。俺ってやっぱりワーカホリックなのか？」

「ふふ……いいじゃないですか。そんな結城さんが私は素敵だと思いますよ」

「……小鳥」

正直自分のこういう部分は退屈なものだと思っているので、そんなことを言われると嬉しくなってしまう。

結城の手は自然と小鳥の頭に伸びていた。

「ありがとうな……小鳥……」

「結城さん……」

たっぷり小鳥の髪の滑らかな感触を味わった後、そろそろ手を戻そうとしたとき。

「あっ」

結城の肘《ひじ》がペットボトルのお茶を引っかけてしまった。

幸いそれほど中身は残っていなかったので大事はなかったが、服の上に零《こぼ》れてしまう。

小鳥がすぐに自分のハンカチを取り出そうとするが。

「大丈夫大丈夫。自分のあるから」

結城は小鳥を見習って、最近ハンカチを持ち歩くようになった。

今日もいつも使っているコートのポケットに準備済みである。

結城がハンカチが入っているポケットに手を入れて、取り出そうとしたとき。

ハンカチの他に、いつもと違う感触があった。

「あれ？　なんだろこれ？」

「どうしたんですか？」

不思議そうにする小鳥。

結城がポケットからそれを取り出してみると。


コ〇ドームだった。


「……」

「……」

その瞬間、二人の間の時が止まった。

ガタン、ゴトン、と電車が線路の上を走る音だけが響く。

（おおおおおおおおおおおお⁉　そう言えば、とりあえずここに入れといたんだったあああああああああああ⁉）

そう、先日大坂に投げつけられて、そのまま押し付けられたアレである。

「……」

「……」

死ぬほど気まずい沈黙が流れる。

というか、これなんて説明すればいいんだ。

幼馴染《おさななじ》みに、アタシと付き合ってセ○クスしろ‼　って迫られて断ったら押し付けられました。

ありのまま話せばこんな感じだが、なんか凄《すさ》まじく誤解を生みそうである。

「……その」

沈黙を破ったのは小鳥だった。

「結城さんは……その……したいんですか？」

「え？　いや、その」

いきなり言われても返答に困るが、「全然したくない」などという嘘は言えない。

「したいかしたくないかで言うと……そりゃしたいかな……」

にんげんだもの。

「そうですか……分かりました……」

「そうか……え？」

驚いて小鳥の顔を見る。

「大丈夫です」

小鳥は少し怖がりながらも、真剣な目でこちらを見ていた。

「私……大丈夫ですから」

「……そうか」

「はい」

やっぱり、真剣な目だ。

ここで断ったら男じゃない。

「よし、分かった。しよう」

「……はい」

小鳥は緊張した様子でそう言った。

結城も当然、同じだった。

その後、二人は電車内で一言も話さないまま家路についたのだった。

あとがき

皆さんお久しぶりです、岸馬《きしま》きらくです。

というわけで『とびじょ』四巻になります。

三巻のあとがきでも書かせていただいたように、本作は一冊一冊で、長編映画を観たような満足感を提供するつもりで書いています。

なので、少し他のラブコメとは違う話の流れになることがあるわけです。

そんな本作ですが、今回のシチュエーションは「知らぬ間に片思いをされていた地元の幼馴染《おさななじ》みが出て来て、自分と付き合えと言ってくる」といういかにもラブコメらしくなるシチュエーションです。

よしよし、これならラブコメらしいラブコメが書けるぞ。

と思って書いてみたらやっぱりあんまりラブコメっぽくなりませんでした。どちらかと言うと、群像劇？　でしょうか。なんというかイマイチジャンル分けの無い感じです。

あれだな。主人公もヒロインも人間出来過ぎてるのがラブコメっぽくならないんだろうな、うん。

もちろん内容自体は非常に満足のいくものになりましたので、まだ本編を読んでいない方はご期待いただければと思います。

さて、カバー袖《そで》の方にも書かせていただきましたが『とびじょ』単行本として発売する分は、諸事情あってこの巻までになります。

ですが、せっかくこうしてこの巻まで読んでくれている方もいますので、KADOKAWAさんの小説投稿サイト「カクヨム」にて続きを連載させていただくことにしました。

シリーズの構成としては実はあと一巻弱分エピソードが残っていますので、不定期連載にはなりますが最後まで書かせていただこうと思っています。

カクヨムで本作のタイトルを検索していただければ見つかりますので、是非、結城《ゆうき》たちの物語を最後まで追いかけようと思っていただける方は見に来てください。

とびじょ4巻
発売おめでとうございます!
とびじょに登場する人物全員
とっても魅力的で大好きです!!
もっともっと描きたかったと思って
しまいます…
4巻のイラストも気に入っていた
だけたら幸いです!

4巻発売
おめでとうございます！
大阪ちゃん
努力家で
好きです
今後も
自分磨き
応援
したい
…！
Kotan

飛《と》び降《お》りようとしている女子高生《じょしこうせい》を助《たす》けたらどうなるのか？4

著　岸馬《きしま》きらく

角川スニーカー文庫　23166

2022年5月1日　初版発行

発行者　青柳昌行

発　行　株式会社KADOKAWA
〒102-8177 東京都千代田区富士見2-13-3
電話　0570-002-301（ナビダイヤル）

印刷所　株式会社暁印刷
製本所　本間製本株式会社

Printed in Japan　ISBN 978-4-04-112225-9　C0193

★ご意見、ご感想をお送りください★

〒102-8177 東京都千代田区富士見 2-13-3
株式会社KADOKAWA　角川スニーカー文庫編集部気付
「岸馬きらく」先生
「黒なまこ」先生／「らたん」先生

角川文庫発刊に際して

角　川　源　義

第二次世界大戦の敗北は、軍事力の敗北であった以上に、私たちの若い文化力の敗退であった。私たちの文化が戦争に対して如何に無力であり、単なるあだ花に過ぎなかったかを、私たちは身を以て体験し痛感した。西洋近代文化の摂取にとって、明治以後八十年の歳月は決して短かすぎたとは言えない。にもかかわらず、近代文化の伝統を確立し、自由な批判と柔軟な良識に富む文化層として自らを形成することに私たちは失敗して来た。そしてこれは、各層への文化の普及滲透を任務とする出版人の責任でもあった。

一九四五年以来、私たちは再び振出しに戻り、第一歩から踏み出すことを余儀なくされた。これは大きな不幸ではあるが、反面、これまでの混沌・未熟・歪曲の中にあった我が国の文化に秩序と確たる基礎を齎らすためには絶好の機会でもある。角川書店は、このような祖国の文化的危機にあたり、微力をも顧みず再建の礎石たるべき抱負と決意とをもって出発したが、ここに創立以来の念願を果すべく角川文庫を発刊する。これまで刊行されたあらゆる全集叢書文庫類の長所と短所とを検討し、古今東西の不朽の典籍を、良心的編集のもとに、廉価に、そして書架にふさわしい美本として、多くのひとびとに提供しようとする。しかし私たちは徒らに百科全書的な知識のジレッタントを作ることを目的とせず、あくまで祖国の文化に秩序と再建への道を示し、この文庫を角川書店の栄ある事業として、今後永久に継続発展せしめ、学芸と教養との殿堂として大成せんことを期したい。多くの読書子の愛情ある忠言と支持とによって、この希望と抱負とを完遂せしめられんことを願う。

一九四九年五月三日

時々ボソッと
ロシア語でデレる
隣のアーリャさん
Милашка❤
燦々SUN
イラスト ももこ
story by sun sun sun
Illustration by momoco
ただし、彼女は俺が
ロシア語わかる
ことを知らない。
特設サイトはこちら!
スニーカー文庫

君の紡ぐ物語で
世界を変えよう。
第28回
スニーカー大賞
作品募集中!
大賞 300万円
+コミカライズ確約
金賞 100万円
銀賞 50万円
特別賞 10万円
締切必達!
前期締切
2022年3月末日
後期締切
2022年9月末日
詳細は・
ザスニWEBへ
https://kdq.jp/s-award
イラスト／左